KB178321

전우치전 · 토끼전 외

책임편집 이병찬

성균관대학교 국어국문학과를 졸업하고 같은 학교 대학원에서 석사학위와 박사
학위를 받았다. 현재 대진대학교 한국어문학부 교수이다. 저서로『동야휘집 연
구』,『고전문학 교육의 이해와 실제』,『포천의 설화와 문학』등이 있다.

한국 문학을 읽는다 21

전우치전 · 토끼전 외

인쇄 2016년 6월 24일
발행 2016년 6월 30일

지은이 · 작자 미상
펴낸이 · 김화정
펴낸곳 · 푸른생각
책임편집 · 이병찬 | 편집 · 지순이, 김선도 | 교정 · 김수란

등록 · 제310-2004-00019호
주소 · 경기도 파주시 회동길 337-16(서패동 470-6)
대표전화 · 031) 955-9111(2) | 팩시밀리 · 031) 955-9114
이메일 · prun21c@hanmail.net
홈페이지 · www.prun21c.com

ⓒ 푸른생각, 2016

ISBN 978-89-91918-45-0 04810
ISBN 978-89-91918-21-4 04810(세트)

값 12,900원

21

한국 문학을 읽는다

전우치전
토끼전 외

작자 미상

책임편집 이병찬

푸른생각
PRUNSAENGGAK

지붕을 성글게 이어 놓으면 비가 내릴 때 빗물이 새듯이
마음을 잘 간직하지 않으면 탐욕이 이것을 뚫고 만다
— 『법구경』

도술(道術)로 푸는 세계, 우화(寓話)로 보는 세계

실제 인물을 모델로 한 「전우치전」은 전형적인 도술소설이다. 또한 「옹고집전」「토끼전」「장끼전」은 판소리로 불리다가 소설로 출간된 판소리계 소설이다. 이 중에 「토끼전」만 〈수궁가〉로 전하고, 나머지의 창은 전하지 않고 소설만 남아 있다. 다른 측면에서 보면 앞의 두 작품은 인간사의 해결에 도술(道術)이 중요한 역할을 하는 도술소설이고, 뒤의 둘은 인간사(人間事)를 동물의 행태를 빌려 풍자한 우화(寓話)소설이라는 공통점을 갖는다. 그리고 이들은 모두가 조선 후기의 작품으로 작자와 연대는 미상이다.

「전우치전」의 주인공 전우치는 실제 인물이었으며 중종 때 살았던 것으로 보인다. 문헌의 기록을 보면 그가 '도술을 익히고, 시를 잘 지었다고 하며, 나라에 반역을 저질러서 수명을 다 누리지 못하고 죽었다'고 한다. 문헌 설화에는 전우치가 도술을 부렸다는 것과 죽은 후에 다시 나타났다는 내용이 나온다. 즉 사실을 근거로 전설이 이루어지고, 그것을 바탕으로 다시 소설로 발전된 것이다. 이 작품은 여러모로 「홍길동전」과 흡사한 점이 많다. 이본으로는 이덕형의 한문 필사본 「전우치전」, 일사본 「전운치전」, 경판본 「전운치전」 2종, 활자본 「전우치전」 5종, 기타 한글 필사본 「견우치전」 등이 전한다.

소설에서는 전우치가 나라에 반역을 하고 죄를 지어서, 잡아 죽이려고 해도 번번이 도술로 탈출한다. 전우치가 천상의 선관으로 가장하여 임금으로 하여금 황금 들보를 바치도록 하는 사건은 어느 이본에나 공통적으로 나타나는데, 이는 봉건 왕조의 권위를 신랄하게 비판하는 내용이다. 주인공이 사용하는 도술은 사회적인 억압과 규범을 쉽게 무너뜨리며, 가치를 어렵지 않게 역전시키는 방법이다. 그러나 전우치가 홍길동처럼 진정으로 빈천한 사람들을 옹호하며 사회의 개조를 요구했는가 하는 문제는 불분명하다. 작품에는 도술을 장난으로 여기고 일종의 자기만족에 그친 측면이 있는 것도 사실이기 때문이다. 최근에 판타지 장르의 인기에 힘입어 드라마와 영화로 새롭게 각색되어 인기를 끌기도 하였다.

「옹고집전」도 원래 판소리 열두 마당의 하나였으나, 오늘날 전승이 끊어졌다. 다른 작품들처럼 목판본이나 활자본도 발견되지 않고, 1950년에 필사본을 대본으로 한 주석본이 출간되면서 자세한 내용이 알려지게 된 작품이다. 현재 10여 종의 이본이 전한다. 우선 설화를 바탕으로 한 점이 주목된다. 동냥 나온 중을 괄시해서 화를 입게 되었다는 설정은 민담의 '장자못 전설'과 상통한다. 즉 부자이면서 인색하기만 한 인물을 징벌하기 위해 도승이 도술을 부렸다는 내용이 서로 일치한다. 또한 가짜가 진짜를 몰아내게 된다는 줄거리는 민담의 '쥐를 기른 이야기'와 같다. '쥐에게 밥을 주어 길렀더니 그 쥐가 사람으로 변해 주인과 다툰 끝에 진짜 주인을 몰아낸다' 는 유형의 이야기는 세계적으로 널리 퍼져 있다.

옹고집이라는 인물은 놀부와도 상통된다. 심술이 많고 부자이면서도 인색한 점에서 이들은 금전적인 이해관계를 추구하는 시대적 변화에 따라 새롭게 출현한 인간형이다. 이 작품은 조선 후기에 화폐경제가 발달하는 가운데 오직 부를 추구하는 데만 몰두하며, 윤리 도덕이나 인정 같은 것은 온통 저버린 부류에 대한 응징을 보여 준다. 그러나 작품에서 그에 대응하는 새로운 사회 윤리를 제시하지 못하고, 단지 전래의 가치관과 불교에 대한 긍정으로 그친 것은 「옹고집전」의 한계라고 할 수 있다. 판소리 전승의 중단이나 다양한 이본도 없으며 필사본마저도 널리 전파되지 않은 이유를 여기서 찾을 수 있다.

「토끼전」은 판소리계 소설로 어류, 금수류 등 다양한 동물을 의인화한 우화소설이다. 대략 120종 내외의 이본이 다양하게 전한다. 작품 성립의 원천은 인도 설화에 뿌리를 둔 불전 설화(佛典說話)이다. 이것이 3~5세기 중국의 한역(漢譯) 경전에 실리고, 후에 한국에 전파되어 문헌이나 구비로 전승되다가, 조선 후기에 판소리 대본으로 정립되었거나 또는 설화에서 곧바로 소설화되었을 것으로 추정된다. 『삼국사기』 「열전」 '김유신'에 「구토설화(龜兔說話)」가 나오는 것이 그 단서이다. 이처럼 오랜 세월에 걸쳐 여러 사람에 의해서 다양한 모습으로 변모를 거듭했기 때문에 내용 또한 단일하지가 않다. 그러나 기본 구조나 의미는 판소리본이나 소설본을 막론하고 크게 달라지지 않는 공통점을 보인다.

이 작품에는 봉건사회의 정치 현실과 지배계층에 대한 날카로운 풍자와 익살스러운 해학이 잘 나타나 있다. 즉 현실에 대한 저항과 비판이 자유롭지 못한 시대적인 한계를 동물의 이야기인 우화로 그려냄으로써 극복한 작품이다. 작품에는 용왕을 정점으로 한 자라 및 수궁 대신들의 용궁 세계와 토끼를 비롯한 사람들과 여러 짐승들이 사는 육지 세계가 펼쳐진다. 초월적인 세계인 천상계나 수궁계가 오히려 지상계의 존재인 토끼를 핍박한다는 설정에서 「토끼전」의 근대성이 돋보인다. 각각의 세계에서 드러나는 지배계층의 부패와 무능, 서민에 대한 착취와 핍박 등을 신랄하게 풍자한다. 하나의 간단한 동물 우화를 빈틈없는 구성으로 엮고, 해학과 기지를 섞어서 재미있는 소설 작품으로 완성시킨 것은 조상들의 문학적 상상력이 풍부함을 보여 주는 좋은 예이다.

「장끼전」의 다른 명칭은 「웅치전(雄雉傳)」「화충선생전(華蟲先生傳)」「화충전(華蟲傳)」「화충가(華蟲歌)」「자치가(雌雉歌)」 등이고, 필사본과 활자본이 전한다. 현재 판소리는 전하지 않으나 이유원의 「관극시(觀劇詩)」와 송만재의 「관우희(觀優戲)」에 〈장끼타령〉에 관한 내용이 나온다. 민요에 〈까투리타령〉이 있지만 「장끼전」과는 내용이 다르며, 구전 동요 가운데 특히 제주도 성산 지방의 〈꿩요〉는 그 가사가 이 작품과 흡사하여 상관관계가 있는 것으로 추측된다. 60여 종의 이본에서 필사본 계열은 '개가(改嫁) 금지'가, 20세기의 활자본에는 '개가 허용'이 나타나는 차이를 보인다.

「장끼전」은 까투리의 말을 여자의 말이라고 무시하다가 죽은 장끼와, 장끼가 죽은 후 장례가 끝나자 곧바로 개가한 까투리를 통하여 '남존여비'와 '개가 금지'라는 완고한 봉건 이념을 서민적 입장에서 풍자하고 비판한 작품이다. 까투리의 말을 듣지 않고 콩을 쪼아 먹은 장끼가 덫에 치여 죽는 전반부와, 혼자 된 까투리가 여러 새들의 청혼을 물리치고 다른 장끼에게 개가하는 후반부로 이루어져 있다. 가부장제 사회에서의 남편의 권위 의식에 대한 비판, 양반 사회의 위선을 폭로하고, 자각을 통한 여권의 신장을 도모하며, 인간의 본능적인 정욕을 인정하는 등 근대적인 시대 의식이 드러나 있다. 즉 까투리의 개가는 윤리적 타락이 아니라, 인습에서 벗어나 하나의 인격체로서 여성의 간절한 소망을 표현한 것으로 보아야 할 것이다.

푸른생각에서 기획하여 발행하는 '한국 문학을 읽는다' 시리즈는 작품의 원문을 충실하게 실었다. 어려운 단어에는 낱말풀이를 세심하게 달아 작품의 이해를 돕고, 본문의 중간중간에 소제목을 붙여 이야기의 흐름을 놓치지 않도록 하였다. 또한 각 작품에 들어가기 전에 등장인물을 소개하고, 수록한 작품 뒤에는 줄거리를 정리한 〈이야기 따라잡기〉를 마련해 놓았다. 그리고 〈쉽게 읽고 이해하기〉를 마련해 작품의 세계를 좀더 깊게 이해할 수 있도록 했다. 아울러 책의 끝에 작가가 확실한 작품의 경우에는 〈작가 알아보기〉를 제시해 작가의 생애를 독자들에게 소개하였다.

「전우치전」과 「옹고집전」은 도술로 인간의 문제를 해결해 가는 도술소설이다. 「전우치전」은 주인공의 도술적 행각이 「홍길동전」보다도 훨씬 다양하고 구체적으로 나타난다. 도술가는 보통 사람이 해낼 수 없는 능력을 보여 주기 때문에 누구에게나 흥미의 대상이 될 수 있다. 사람들은 도술가의 초인적인 능력을 상상해 봄으로써 현실에서 이룰 수 없는 꿈을 만족시킬 수 있는 것이다. 전우치는 도술적 영웅으로서의 삶을 보여 주지만, 끝내 도술의 허망함을 깨닫고 진정한 신선의 도를 닦기 위해 영주산에 들어가는 결말은 우리의 삶을 돌아보게 해 준다. 반면 옹고집의 이기적인 행동과 사회 윤리를 무시하는 부도덕성은 일반 서민들의 반감을 불러오게 되어 악덕 서민 부자가 풍자의 대상이 된 것이다. 즉 조선 후기 계층의 분화에 따라 등장한 신흥 서민 부자층과 상대적으로 증가된 빈민층 간의 갈등이 이 작품이 제기하는 문제점이다. 도술이 아니고서는 완고한 옹고집의 성격을 바꾸기가 그만큼 어렵다는 사실을 반증하는 작품이기도 하다.

「토끼전」과 「장끼전」은 동물을 의인화하여 인간의 삶을 문제 삼은 우화이다. 「토끼전」은 일반적인 주제를 충성에 두고 있다. 즉 자라가 생명의 위험을 무릅쓰고 용왕의 병을 고치고자 토끼의 간을 얻으려 애쓰는 것이 주된 줄거리이다. 그러나 토끼를 중심으로 읽게 되면 봉건 지배계층의 온갖 위협과 핍박에도 끈질기게 살아남는 서민층(토끼)의 발랄함이 주제로 다가온다. 우화소설의 이점을 살려 정치·사회적인 주제 의식을 잘 보여 주고 있다. 또한 우리는 장끼와 까투리에게서 조선 후기 하층 유랑민의 모습을 보게 된다. 까투리의 개가는 수절이라는 봉건 윤리에 대한 항거라기보다는 하층민들이 고난과 시련에 좌절하지 않고 그것에 맞서 자신의 삶을 스스로 개척해 가는 모습으로 이해할 필요가 있다.

2016년 6월
책임편집 이병찬

한국 문학을 읽는다 전우치전 · 토끼전 외

1 각각의 작품은 등장인물 소개―작품 게재―이야기 따라잡기―쉽게 읽고 이해하기의 순서로 되어 있습니다.
2 독자의 이해를 돕기 위해 원문의 한자나 어려운 옛말은 현대어로 풀어 주었고, 낱말 풀이를 상세하게 달았으며, 중간중간에 소제목을 붙였습니다.
3 〈등장인물〉에서는 작품에 등장하는 주요 등장인물을 소개하고 간단하게 설명하였습니다.
4 〈이야기 따라잡기〉에서는 작품의 줄거리를 요약 정리하였습니다.
5 〈쉽게 읽고 이해하기〉에서는 작품을 감상하는 데 필요한 핵심적인 요소를 짚어 주었습니다.
6 마지막으로 〈작가 알아보기〉에서는 작가의 생애와 작품 활동, 작품 세계 등을 이해할 수 있습니다. 작가가 알려지지 않은(작자 미상) 작품의 경우에는 〈작가 알아보기〉가 생략되어 있습니다.

「전우치전」은 '전우치'라는

실제 인물을 모델로 하여

당시의 부패한 정치를 고발하고

비현실적인 도술 행각을 통해

그의 의로움을 보여 주는

군담소설이자 전기체 소설이다.

전우치전

대개 나라는 백성을 뿌리 삼고,
부자는 빈민이 만들어 주는 것이다.

등장인물

전우치   도술을 써서 힘 없고 가난한 이들을 돕는 의로운 인물. 악한 무리들을 개과
천선시키고, 부정한 관리들은 꾸짖는다. 후에 도를 닦기 위해 서화담을 따
라 태백산으로 간다.

상(임금)   나라를 제대로 돌보지 못하는 무능한 왕. 매번 전우치의 도술에 속는다.

서화담   야계산에서 살고 있는 도인. 신선 세계에서도 도술과 학문이 높은 인물로
자신을 찾아온 전우치를 데리고 태백산으로 들어간다.

전우치전

전우치, 자신의 재주를 이용해 빈민을 돕다

조선 초에 송경(松京, 지금의 개성, 고려 때 수도) 숭인문(崇仁門) 안에 한 선비가 있었으니 성은 전(田)이요, 이름은 우치(禹治)였다. 일찍이 높은 스승을 좇아 신선의 도를 배우되, 본래 재질이 표일(飄逸, 품이나 기상 따위가 뛰어나게 훌륭함)하고 겸하여 정성이 지극하므로 마침내 오묘한 이치를 통하고 신기한 재주를 얻었으나, 소리를 숨기고 자취를 감추어 지내므로 비록 가까이 노는 이도 알 리 없었다.

이때 남쪽 해변 여러 고을이 여러 해 바다 도적의 노략을 입고, 업친데 덮쳐 무서운 흉년을 만나니, 그곳 백성의 참혹한 형상은 이루 붓으로 그리지 못할 것이다. 그러나 조정에 벼슬하는 이들은 권세를 다투기에만 눈이 붉고 가슴이 탈 뿐이요, 백성의 질고(疾苦, 질병과 고통)는 모르는 듯 내버려 두니, 뜻 있는 이는 팔을 뽑아내어 통분함이 이를 길 없었다. 우치 또한 참다 못하여 그윽히 뜻을 결단하고 집을 버리며, 세간을 헤치고, 천하로써 집을 삼고, 백성으로써 몸을 삼으려 하였다.

하루는 몸을 변하여 선관(仙官, 신선)이 되어, 머리에 쌍봉금관(雙鳳金冠, 두 마리 봉황을 새긴 금관)을 쓰고, 몸에 홍포를 입고, 허리에 백옥대를 띠고, 손에 옥홀(玉笏, 옥으로 만든 홀. 홀은 조선 시대 신하가 임금을 만날 때 손에 쥐던 물건)을 쥐고, 청의동자 한 쌍을 데리고, 구름을 타고 안개를 멍에하여 바로 대궐 위에 이르러 공중에 머물러 섰으니, 이때는 춘정월(春正月, 봄이 시작되는 음력 정월) 초이틀이었다.

상(임금)이 문무백관의 진하(進賀, 나라에 경사가 있을 때에 벼슬아치들이 조정에 모여 임금에게 축하를 올리던 일)를 받으시는데, 문득 오색 채운이 만천(滿天, 하늘에 가득함)하고 향풍(香風, 향기로운 바람)이 촉비(觸鼻, 냄새가 코를 찌름)하더니 공중에서 말하였다.

"국왕은 옥황의 칙지(勅旨, 임금이 내린 명령)를 받으라."

상이 놀라서 급히 백관을 거느리고 전(殿)에 내리사 분향첨망(焚香瞻望, 향을 피우고 멀리 우러러봄)하니, 선관이 오운(五雲, 오색구름) 중에 이르되,

"이제 옥제(玉帝, 옥황상제) 천하에 구차한 중 죽은 영혼을 위로하실 양으로 태화궁을 창건하실 때, 인간 각국에 황금 들보 하나씩을 만들어 올리되, 길이가 오 척이요, 폭은 칠 척이니, 춘삼월 망일(望日, 음력 보름날)에 올라가게 하라."

하고 하늘로 올라갔다. 상이 신기히 여기시며 문무를 모아 의논하실 때, 간의대부(고려 시대 정4품 관직) 아뢰었다.

"이제 팔도에 반포하여 금을 모아 천명을 받듦이 옳으리이다."

상이 옳게 여기사 팔도에 금을 모아 바치라 하고, 공인(工人, 손으로 물건

을 만드는 일을 업으로 하는 사람)을 불러 일변 금을 불려 길이와 폭의 치수를 맞추어 지어 내니, 왕공경사(王公卿士, 임금과 각급 버슬아치와 선비)의 집 안에 있는 것은 말도 말고, 팔도의 금이 다하고, 심지어 비녀에 올린 금까지 벗겨 올리니, 상이 기뻐하사 삼 일 재계하시고, 그날을 기다려 포진(鋪陳, 잔치 따위를 할 때에 앉을 자리를 마련하여 깖)하고 등대(等待, 미리 갖추어 기다림)하였다. 진시(辰時, 오전 7시~9시)쯤 하여 상서로운 구름이 궐내에 자욱하고, 향취 옹비(雍鼻, 코를 덮음)하며, 오운 가운데 선관이 청의동자를 좌우에 세우고 구름에 싸였으니, 그 형용이 극히 황홀하였다. 상이 백관을 거느리시고 부복하시니, 그 선관이 전지를 내렸다.

"고려 왕이 힘을 다하여 천명을 순종하니 정성이 지극하다. 고려국이 우순풍조(雨順風調, 비가 오고 바람이 알맞게 붊)하고 나라가 태평하고 백성이 편안하여 복조(福祚, 삶에서 누리는 좋고 만족할 만한 행운) 무량(無量, 정도를 헤아릴 수 없을 만큼 많음)하리니, 상천(上天, 하늘)을 공경하여 덕을 닦고 지내라."

말을 마치며 두 변으로 쌍동자가 학을 타고 내려와 요구(腰鉤, 허리에 찬 갈고리)에 황금 들보를 걸어 올려 채운에 싸여 남쪽 땅으로 행하니, 무지개가 하늘에 뻗치고 비바람 소리가 진동하며, 오색 채운이 각각 동서로 흩어졌다. 상과 제신이 무수히 사례하고, 육궁 비빈(六宮妃嬪, 여섯 개 궁의 왕비와 후궁)이 땅에 엎드려 감히 우러러보지 못하였다. 상이 어전에 오르사 백관을 조회 받으실 적에, 만세를 부른 후 큰 잔치를 배설(排設, 연회나 의식[儀式]에 쓰는 물건을 차려 놓음)하여 즐기셨다.

이때 우치는 그 들보를 가져다가 이 나라 안에서는 처치하기가 어려웠다. 그 길로 서공 지방으로 향하여, 먼저 들보 절반을 베어 헤쳐 팔아 쌀 십만 석을 사고, 다시 선척(船隻, 배)을 마련하여 따뜻하고 화창한 순 풍으로 가져다가 십만 가난한 집에 알맞게 나눠 주어 당장 굶어 죽을 것 을 건지고, 다시 이듬해 농량(農糧, 농사 지을 동안 먹을 양식)과 종자를 하게 하니, 백성들은 희출망외(喜出望外, 기대하지 않던 기쁜 일이 생김)하여 다만 손들을 마주 잡고 하늘의 큰 덕을 칭사(稱謝, 고마움을 표현함)할 뿐이요, 관 장(官長, 관가의 우두머리. 시골 백성이 고을 원을 높여 이르던 말)들도 또한 기가 막히고 어리둥절하여 어찌된 곡절을 몰라 하였다.

우치가 이러한 뒤에 한 장의 방(榜, 어떤 일을 널리 알리기 위하여 사람들이 다 니는 길거리나 많이 모이는 곳에 써 붙이는 글)을 써서 동구(洞口, 동네 어귀)에 붙 였다.

이번 곡식을 나눔으로 혹 나를 칭송하는 듯하나, 이는 마땅치 아니 하다. 대개 나라는 백성을 뿌리 삼고, 부자는 빈민이 만들어 주는 것이 다. 이제 너희들이 양순한 백성과 충실한 임금으로 이렇듯 참혹한 지 경에 이르렀건마는, 벼슬한 이가 길을 트지 아니하고, 가멸한(부유한) 이가 힘을 내지 아니함이 과연 천리에 어그러져 신인(神人, 신과 사람)이 공분(公憤, 같이 분하여 함)하는 바이기로, 내 하늘을 대신하여 이러저러 한 방법으로 이러저러하였음이니, 너희들은 모름지기 이 뜻을 깨달아 라. 잠시 남에게 맡겼던 것이 돌아온 줄로만 알고, 남의 힘을 입은 줄 은 알지 말지어다. 더욱 자청하야 심부름한 나야 무슨 공이 있다 하리 오. 이리 말하는 나는 처사 전우치이다.

이때 이 소문이 나라에 들리게 되자 비로소 전후 사연을 알고 임금을 속이고 나라를 소란케 하였으니 그 죄를 용서하지 못한다 하여, 널리 그 증거를 수탐(搜探, 조사하거나 엿봄)하였다. 우치는 더욱 괘씸하게 여기고 스스로 말하되,

"약한 자를 붙들어다 허물함은 굳센 자가 제 잘난 체하는 예사이다. 내가 저희들의 굳센 것이 얼마 안 된다는 것을 실상으로 알려야겠다."

하고, 계교를 생각하여 들보 한 머리를 베어 가지고 서울에 가서 팔려 하니 보는 사람마다 의심을 아니할 이가 없었다.

마침 토포관(討捕官, 도둑을 잡는 일을 하는 관리)이 이를 보고 크게 이상히 여겨 우치더러 물었다.

"이 금이 어디서 났으며 값은 얼마나 하는가?"

우치가 대답하기를,

"이 금이 난 곳이 있지만, 값인즉 얼마가 될지 달아서 파는데 오백 냥을 주겠다면 팔까 하오."

토포관이 또 물었다.

"그대 집이 어딘가? 내가 내일 반드시 돈을 가지고 찾아갈 터이다."

우치가 말하였다.

"내 집은 남선부주요, 성명은 전우치라 하오."

토포관은 우치와 이별하고 나서 고을에 들어가 태수(지방관)에게 고하자 태수는 크게 놀랐다.

"지금 본국에는 황금이 없는데, 이는 틀림없이 무슨 연고가 있을 것이다."

궁궐로 잡혀간 전우치, 도술을 이용하여 탈출하다

　태수는 관리들에게 죄인을 잡아 데려오라고 하려다가 다시 생각하되,
　'이는 자세하지 못한 일이니 은자 오백 냥을 주고 사다가 진위를 알아
보자.'
하고, 은자 오백 냥을 주며 사 오라 하였다. 토포관이 관리를 데리고 남
선부로 찾아가자 우치가 맞아들였다. 예를 마친 후 토포관이,
　"금을 사러 왔소."
하자, 우치는 응낙하고 오백 냥을 받은 다음 금을 내어 주었다. 토포관이
금을 받아 가지고 돌아와 태수께 드렸다. 금을 받아본 태수는 크게 놀라
서,
　"이 금은 들보 머리를 벤 것이 분명하니 필경 우치로군."
하고는, 한편
　"이놈을 잡아 진위도 안 후에 장계(狀啓, 지방관이 중요한 일을 왕에게 보고
함)함이 늦지 않다."
하고, 즉시 십여 명에게 분부하여 빨리 가서 잡아 오라 하자 관리는 영(명
령)을 듣고 바삐 남선부로 가서 우치를 잡아 냈다. 우치는 좋은 음식을
차려 관리를 대접하면서,
　"그대들이 수고로이 왔소. 나는 죄가 없으니 결단코 가지 아니하겠으
니 그대들은 돌아가 태수에게 우치는 태수의 힘으로는 못 잡으리니 나
라에 고하여 군명이 있은 후에야 잡혀 가겠노라고 고하시오."
하고 말하며, 조금도 요동하지 않으므로 관리는 어쩔 수 없이 그대로 돌

아가 태수에게 사실대로 고하였다.

태수는 이 말을 듣고 놀라 즉시 토병(土兵, 일정한 지역에 붙박이로 사는 사람으로 조직된 그 지방의 군사) 오백을 점고하여 남선부에 가 우치의 집을 에워싸고, 한편 이 일을 나라에 장계하였다. 상은 크게 놀라시며 노하시어 백관을 모아 의논을 정하시고 포청으로 잡아 오라 하시고는 친국하실 기구를 차리시고 잡아 오기를 기다리셨다.

이때 금부(禁府)는 나졸들이 군명을 받들고 남선부에 가 우치의 집을 에워싸고 잡으려 하였다. 우치는 냉소하며,

"너희 백만 군이 와도 내 잡혀 가지 아니하리니 너희 마음대로 나를 철색(철삭[鐵索]. 쇠밧줄)으로 단단히 얽어 가라."

하기에, 모든 나졸이 일시에 달려들어 철줄로 동여매고 전후좌우로 둘러싸고 갔다. 우치가 또 말하기를,

"나를 잡아가지 않고 무엇을 메어 가는가?"

토포관이 놀라서 보니 한낱 잔나무를 메고 있었다. 좌우에 있던 나졸이 기가 막혀 아무 말도 못하는데 우치는,

"네가 나를 잡아가고자 하거든 병 한 개를 주겠으니 그 병을 잡아가거라."

하고, 병 하나를 내어 땅에 놓았다. 여러 나졸이 달려들어 잡으려 하자, 우치는 그 병 속으로 들어갔다. 나졸이 병을 잡아 들자 무겁기가 천 근이나 되는 것 같은데 병 속에 이르되,

"내 이제는 잡혔으니 올라가리라."

하기에, 나졸은 또 우치를 잃어버릴까 겁을 내어 병부리를 단단히 막아

짊어지고 와서 바쳤다. 상이 말하였다.

"우치가 요술을 한들 어찌 능히 병 속에 들었으리오."

문득 병 속에서 말하였다.

"답답하니 병마개를 빼어 다오."

상이 그제야 병 속에 든 줄 아시고 여러 신하에게 어떻게 처치할 것인가를 물으시니 여러 신하가 말하였다.

"그놈은 요술이 용하오니 가마에 기름을 끓이고 병을 넣게 하소서."

상이 옳게 여기사 기름을 끓이라 하시고 병을 잡아 넣으니 병 속에서 말하였다.

"신의 집이 가난하여 추위 견딜 수 없었는데, 천은(天恩, 하늘의 은혜. 임금의 은덕)이 망극하여 떨던 몸을 녹여 주시니 황감(惶感, 황송하고 감격스러움)하옵니다."

상이 크게 노하여 그 병을 깨어 여러 조각을 내니 아무것도 없고 병 조각이 뛰어 임금의 앞으로 가 아뢰기를,

"신이 전우치입니다만, 원컨대 군신 간의 죄를 다스릴 정신으로 백성이나 평안케 함이 옳을까 하옵니다."

하고 조각마다 한결같이 말하였다. 상이 더욱 진노(瞋怒, 화를 내며 노여워함)하여 부수(斧手)로 하여금 병 조각을 빻아 가루를 만들어, 다시 기름에 끓이라 하시고 전우치의 집을 불지르고 그 터에 연못을 만드시고 여러 신하와 더불어 우치 잡기를 의논하였다. 여러 신하가 여쭈었다.

"요적 전우치를 위엄으로 잡을 수 없사오니 마땅히 사대문에 방을 붙여 우치가 스스로 나타나면 죄를 사하고 벼슬을 주리라 하여, 만일 나타

나거든 죽여 후환을 없애는 것이 좋을까 하나이다."

상이 그 말을 좇으사 즉시 사대문에 방을 붙였는데 그 방에는,

전우치가 비록 나라에 득죄하였으나 그 재주 용하고 도법이 높되
알리지 못함은 유사(有司, 조직의 일을 맡아보는 직무)의 책망이요 짐의 불
명(不明)함이니, 이 같은 영웅호걸을 죽이고자 하였으니 어찌 차탄(嗟
歎, 탄식하고 한탄함)치 않으리오. 이제 짐이 전사(前事, 지난 일)를 뉘우쳐
특별히 우치에게 벼슬을 주어 국정을 다스리고 백성을 편안코자 하니
전우치는 나타나라.

라고 쓰여 있었다.

살인 누명을 쓴 이가를 구하다

이때 전우치는 구름을 타고 사처(四處, 사방)로 다니며 더욱 어진 일을
행하고 있던 중, 한 곳에 이르러 보니 백발 노옹이 슬피 울고 있었다. 우
치가 구름에서 내려와 슬피 우는 사유를 물으니, 노옹이 울음을 그치고,

"내 나이 칠십삼 세에 다만 한낱 자식이 있는데 애매한 일로 인해 살
인 죄수로 잡혀 죽게 되었으므로 서러워 울고 있소."

우치가 말하였다.

"무슨 애매한 일이 있었습니까?"

노옹이 대답하였다.

"왕가라 하는 사람이 있는데 자식이 친하여 다녔다오. 그 계집의 인물

이 아름다우나 음란하여 조가라 하는 사람과 통간하여 다니다가 왕가에
게 들켰소. 양인이 싸워 남자에게 구타당하더니 자식이 마침 갔다가 그 거
동을 보고 말리어 조가를 제 집으로 보낸 후 돌아왔소. 왕가가 그 싸움 때
문에 죽자, 그 외사촌이 있어 고장(告狀, 고소)하여 취옥(就獄, 감옥에 들어감)
하였다오. 조가는 형조판서 양문덕(楊文德)의 문객이라 앎이 있어 빠져나
오고, 내 자식은 살인범으로 문자(문서)를 만들어 옥중에 가두니 이러하
므로 슬피 우는 것이오."

　　우치는 이 말을 듣고,

　　"그렇다면 이가가 억울하군."

하고,

　　"양문덕의 집이 어디요?"

하고 묻자, 노옹이 자세히 가르쳐 준다. 우치는 노옹과 이별하고 몸을
흔들어 변신하여 일진청풍(一陣淸風, 한바탕 부는 맑고 시원한 바람)이 되어 그
집에 이르니 이때 양문덕이 홀로 당상(堂上)에 앉아 있었다. 우치가 그 동
정을 살피자, 양문덕은 거울을 마주하고 얼굴을 보고 있었다. 우치는 변
신하여 왕가가 되어 거울 앞에 앉아 있자 양문덕이 이상히 여겨 거울을
살펴보니 아무것도 없었다.

　　"요얼(妖孽, 요사스러운 귀신)이 백주(白晝, 대낮)에 나를 희롱하는가?"

하고 다시 거울을 살펴보니, 아까 앉았던 사람이 그저 서서,

　　"나는 이번 조가에게 맞아 죽은 왕상인데 원혼이 되어 원수 갚기를 바
랐더니 상공이 이가를 그릇되이 가두고 조가를 놓아주니 이 일이 애매
하다. 지금이라도 조가를 가두고 이가를 방송(放送, 죄인을 감옥에서 풀어줌)

하라. 이렇게 하지 않는다면 명성(冥城, 염라대왕의 성. 저승)에 가서 송사하

겠다."

하고, 홀연히 간 데가 없었다. 양문덕은 크게 놀라 즉시 조가를 얽어매

고 엄문하니 조가는 애매하다면서 발명(發明, 죄나 잘못이 없음을 말하여 밝

힘)하였다. 왕가는 소리 높여,

"이 몹쓸 조가야! 어째 내 처를 겁탈하고 또 나를 쳐 죽이니, 어찌 구천

의 원혼이 없으리오. 만일 너를 죽여 원수를 갚지 못하면 명부에 송사하

여 너와 양문덕을 잡아다가 지옥에 가두고 나가지 못하게 하리라."

하고는 소리가 없어 조가는 머리를 들지 못하였다.

양문덕은 놀라 어떻게 할 줄 모르다가 이윽고 정신을 진정하여 조가

를 엄문하니, 조가는 견디지 못하여 개개복초(個個服招, 죄를 낱낱이 자백함)

하였다. 이에 이가를 놓아주고 조가를 엄수(嚴囚, 달아나지 못하도록 엄중하

게 가둠)하고, 즉시 조정에 상달(上達, 윗사람에게 말이나 글로 여쭈어 알려 드림)

하여 조가 복법(伏法, 형벌을 순순히 받아 죽음)하니 이때 이가는 집으로 돌아

가 아비를 보고 왕가의 혼이 와서 여차여차하여 놓여남을 말하니 노옹

이 기쁨을 이기지 못하였다.

돼지머리를 빼앗는 관리를 혼내다

이때 우치는 이가를 구하여 보내고 얼마쯤 가다가 홀연히 보니 저잣

거리에 사람들이 돼지의 머리 다섯을 가지고 다투고 있었다. 우치가 구

름에서 내려 그 연고를 묻자 한 사람이 이르되,

"저도 쓸 데가 있어 사 가는데, 이 관리 놈이 앗아 가려고 하기에 다투는 것이오."

하였다. 우치는 관리를 속이려 주문을 염하니, 그 돼지머리가 두 입을 벌리고 달려들어 관리의 등을 물려 하였다. 관리가 구경하던 사람과 일시에 헤어져 달아났다.

자신을 업신여기는 운과 설을 혼내다

우치가 또 한 곳에 이르니 풍악이 낭자하였다. 즉시 좌중에 들어가 절하고,

"소생은 지나가는 길손이온데 여러분이 모여 즐기실 적에 감히 들어와 말석에서 구경코자 하나이다."

여러 사람이 답례한 후 서로 성명을 통하고 앉음에 우치가 눈을 들어 보니 여러 좌객(座客) 중에 운생과 설생(薛生)이란 자가 거만하게 우치를 보고 냉소하며 여러 사람과 수작하기에 우치는 쾌씸함을 이기지 못하더니 이윽고 주반이 나왔다. 우치가,

"제형의 사랑하심을 입어 진수성찬을 맛보니 만행(萬幸, 아주 다행함)입니다."

고 하자 설생이 웃으며,

"우리는 비록 빈한하나 명기와 진찬이 많으니 전형은 처음 본 듯할 것이오."

우치도 웃으며,

"그러나 없는 것이 많소이다."

이 말에 설생은,

"팔진성찬(八珍盛饌, 진수성찬)에 빠진 것이 없는데 무엇이 부족타 하오?"

"우선 선득선득한 수박도 없고, 시큼달큼한 포도도 없고 시금시금한 승도(천도복숭아)도 없어 빠진 것이 무수한데 어찌 다 있다 하오."

제생이 크게 손뼉을 치며 크게 웃더니,

"이때가 봄철이라, 어이 그런 과실이 있겠소?"

"내 오다가 본즉 한 곳에 나무 하나가 있는데 각색 과실이 열리지 아니한 것이 없었소이다."

"그렇다면 형이 그 과실을 만일 따 온다면 우리들이 납두편배(納頭遍拜, 남에게 머리를 숙여 굴복하고 조아림)하고 만일 형이 따 오지 못한다면 형이 만좌중(滿座中, 좌석에 가득 앉은 사람들)의 볼기를 맞을 것이오."

"좋소이다."

하고 응낙한 우치는 즉시 한 동산에 가니 도화가 만발하여 금수장(錦繡帳, 비단에 수를 놓아 만든 장막)을 드리운 듯하였다. 우치는 두루 완상(玩賞, 즐겨 구경함)하다가 꽃 한 떨기를 훑어 진언(眞言, 주문)을 염하자 낱낱이 변하여 각색 과실이 되었다. 그것을 소매 속에 넣고 돌아와 좌중에 던지니 향기가 코를 스치며 승도, 포도, 수박이 낱낱이 헤어지는 것이었다. 여러 사람은 한편 놀라고 한편 기꺼하여 저마다 다투어 손에 집어 구경하며 칭찬하기를,

"전형의 재주는 보던 바 처음이오."

하고, 창기에게 명하여 술을 가득 부어 권하였다. 우치는 술을 받아 들고 운, 설 두 사람을 돌아보며,

"이제도 사람을 업수이 여기겠소? 그러나 형들이 이미 사람을 경모(輕侮, 남을 하찮게 보아 업신여기거나 모욕함)한 죄를 천벌로 입었을 것이니, 내 또한 말함이 불가하오."

하였다. 운, 설 두 사람이 입으로는 비록 손사(遜辭, 겸손한 말)하는 체하나 속으로는 종시 멸시하더니, 운생이 마침 소피하려고 옷을 끄르고 본즉 하문(下門, 음문. 음부)이 편편하여 아무것도 없으므로 크게 놀라서,

"이 어이한 연고로 졸지에 하문이 떨어졌는고."

하며 어찌할 줄 몰랐다. 모두 놀라서 본즉 과연 민숭민숭하였다. 크게 놀라,

"소변을 어디로 보리오."

할 즈음에 설생 또한 자기의 아래쪽을 만져 보니 역시 그러하였다. 두 사람이 경황하여 서로 의논하며,

"전형이 아까 우리들을 기롱(譏弄, 실없는 말로 놀림)하더니 이러한 변괴가 났구나. 장차 이 일을 어찌할 것이오."

하는데, 창기 중 제일 고운 계집의 소문(小門, 여자의 음부)이 간데없고 배에 구멍이 났으니 망극하여 어떻게 할 줄을 몰랐다.

그중에 오생이란 자가 총명하여 지감(知鑑, 사람을 잘 알아보는 능력)이 있었는데 문득 깨달아 우치에게 빌었다.

"우리들이 눈이 있으나 망울이 없어 선생께 득죄(得罪, 남에게 큰 잘못을 저질러 죄를 얻음)하였사오니 바라건대 용서하소서."

우치가 웃고 진언을 외우자 문득 하늘에서 실 한 끝이 내려와 땅에 닿았다. 우치는 크게 소리쳤다.

"청의동자 어디 있느냐?"

말이 채 끝나기도 전에 한 쌍의 동자가 표연히 내려오는 것이었다. 우치가 분부하였다.

"네 이 실을 타고 하늘에 올라가 반도 열 개를 따 오라."

우치가 말을 마치자 동자는 명을 받고 줄을 타고 공중에 올라갔다. 여러 사람들이 신기하게 여겨 하늘을 우러러보니 동자는 나는 듯이 올라가더니, 이윽고 복숭아 잎이 분분히 떨어지며 사발만 한 붉은 천도(天桃) 열 개를 내려쳤는데 조금도 상하지 않았다. 여러 사람이 일시에 달려와 주워 가지고 서로 사랑하였다. 우치는 여러 사람에게 나누어 주고,

"제형과 창기 등이 아까 얻은 병은 이 선과를 먹으면 쾌히 회복하리라."

하자, 제생과 창기 등이 하나씩 먹은 후 저마다 만져 보니 여전하였다(전과 같았다). 사례하기를,

"천선(天仙, 하늘의 신선)이 내려오신 줄 모르고 우리들이 무례하여 하마터면 병신이 될 뻔하였구나."

하며 지극히 공경하였다. 우치는 가장 존중한 체하다가 구름에 올라 동으로 향해 갔다.

호조 고직 장세창을 구하다

또 한 곳에 이르러 보니 두어 사람이 서로 이르기를,

"차인(此人, 이 사람)이 어진 일을 많이 하더니 필경 이 지경에 이르니 참 불쌍하다."

하고 눈물을 흘렸다. 우치가 구름에서 내려 두 사람에게 묻기를,

"그대는 무슨 비창(悲愴, 마음이 몹시 상하고 슬픔)한 일이 있어 그렇게 슬퍼하는가?"

두 사람이 대답했다.

"이곳 호조(戶曹) 고직(庫直, 창고를 관리하는 사람) 장세창(張世昌)이라는 사람이 효성이 지극하고, 심지어 집이 빈곤한 사람도 많이 도와주더니, 호조 문서를 쓸 때 실수로 은자 이천 냥을 적어 놓지 않아서 이를 대신 물지 못해 형벌을 받겠기에 자연히 비창함을 금치 못해서 그러오."

우치가 이 말을 듣고 잠깐 눈을 들어 본즉 과연 한 소년(젊은이)을 수레에 싣고 형장으로 나아가고 있었다. 그 뒤에 젊은 계집이 따라 나오며 우는 것을 보고 우치가 물었다.

"저 여인은 누구요?"

"죄인의 부인이오."

하는데, 이윽고 옥졸(獄卒, 옥에 갇힌 사람을 맡아 지키던 사람)이 죄인을 수레에서 내려 제구(諸具, 여러 가지 기구)를 차리며 시각을 기다리는 것이었다. 우치는 즉시 몸을 흔들어 일진청풍이 되어 장세창과 여자를 거두어 가지고 하늘로 올라갔다. 중인(衆人, 많은 사람)이 일시에 말하기를,

"하늘이 어진 사람을 구하시는구나."

하고 기뻐하였다.

이때 형관(刑官, 법률 등을 맡아 보던 관리)이 크게 놀라 급히 이 연유를 상달하니 상감과 백관이 모두 놀라고 의심하였다.

우치가 집으로 돌아와 본즉 두 사람이 곧 숨이 끊어질 듯하여 급히 약을 흘려 넣었는데 이윽고 깨어나 정신이 황홀하여 진정하지 못하는 것이었다. 우치가 전후 사정을 말하자 장세창 부부는 고개를 숙여 사례하였다.

"대인의 은혜는 태산 같으니 이승에 어찌 다 갚으리이까."

우치는 손사하고 집에다 두었다.

한자경을 돕기 위해 족자 하나를 내어 주다

하루는 한가함을 틈타 우치가 명승지를 두루 구경하다가 한 곳에 이르니 사람이 슬피 우는 소리가 들리기에 가서 우는 이유를 물어보았다. 그 사람이 공손히 말하기를,

"나의 성명은 한자경(韓子景)인데 부친의 상사를 당하여 장사 지낼 길이 없고 또한 겸하여 날씨가 추운데 칠십 모친을 봉양할 도리가 없어 우는 것이오."

우치는 아주 불쌍히 여겨 소매에서 족자 하나를 내어 주며,

"이 족자를 집에 걸고 '고직아' 하고 부르면 대답할 것이니 은자 백 냥만 내라 하면 소리에 응하여 즉시 줄 것이오. 이로써 장사 지내고 그 후

부터는 매일 한 냥씩만 달라 하여 자친(慈親, 어머니를 높여 이르는 말)을 봉양하시오. 만일 더 달라하면 큰 화를 입을 것이니 욕심을 내지 말고 부디 조심하오."

그 사람은 믿지 아니하나 받은 후 사례하며,

"대인의 존성(尊姓, 남의 성을 높여 이르는 말)을 알려 주소서."

하므로,

"나는 남선부 사람 전우치요."

하였다. 그 사람은 백배 사례하고 집으로 돌아와 족자를 걸고 보니 큰 집 한 채와 집 속에 열쇠 가진 동자 한 명이 그려져 있었다. 시험해 보려 '고직아' 하고 부르니 동자가 대답하고 나왔다. 매우 신기하게 여겨 은자 일백 냥을 달라 하니 말이 끝나기도 전에 동자가 은자 일백 냥을 앞에 내놓았다. 한자경은 크게 놀라고 또한 크게 기뻐하여 그 은을 팔아 부친의 장사를 지내고 매일 은자 한 냥씩 달라 하여 일용에 쓰니 가산이 풍족하여 노모를 봉양하며 은혜를 잊지 못하였다.

하루는 쓸 곳이 있어,

'은자 일백 냥을 당겨 쓰면 어떠할까?'

하고 고직을 부르니, 동자 대답하였다. 한자경이,

"내 마침 쓸 곳이 있으니 은자 일백 냥만 먼저 쓰게 함이 어떠하냐?"

고직이 듣지 아니하므로 재삼 간청하니 고직이 문을 열었다. 한자경이 따라 들어가 은자 백 냥을 가지고 나오려 하니 벌써 문이 잠겨 있었다. 한자경은 크게 놀라 고직을 불렀으나 대답이 없었다.

크게 노하여 문을 박차니 이때 호조판서가 마루에 좌기(坐起, 출근하여

일을 시작함)할 때, 고직이 고하되,

"돈 넣은 곳에서 사람 소리가 나니 매우 괴이하더이다."

호조판서가 의심하여 추종(騶從, 윗사람을 따라다니는 종)을 모으고 문을 열고 보니 한 사람이 은을 가지고 서 있었다. 고직은 깜짝 놀라 급히 물었다.

"너는 어떤 놈이기에 감히 이곳에 들어와 은을 도둑질하여 가려느냐?"

한자경이 대답하기를,

"너희는 어떤 놈이기에 남의 내실에 들어와 무례하게 구느냐? 바삐 나가거라."

하자, 한자경을 미친놈으로 알고 잡아다가 고하였다. 호조판서가 분부하되,

"이 도둑놈을 꿇어 앉혀라."

하고 치죄(治罪, 허물을 가려내어 벌을 줌)할 때, 한자경이 그제야 정신을 차려 자세히 보니 제집이 아니고 호조판서의 집이므로 놀라 말하였다.

"내가 어찌하여 이곳에 왔던고. 의아한 꿈인가?"

호조판서가 물었다.

"너는 어떠한 놈이관대 감히 어고(御庫, 대궐 안에서 임금이 쓰던 곳간)에 들어와 도둑질을 하는가. 죽기를 면치 못할 것이다. 네 동류를 자세히 아뢰라."

한자경이 말하기를,

"소인이 집에 걸린 족자 속에 들어가 은을 가지고 나오려 하였더니 이런 변을 당하오니 소인도 생각지 못하였소이다."

호조판서가 의혹하여 족자의 출처를 물으니 자경이 전후 사정을 고하였다. 호조판서가 크게 놀라,

"너는 언제 전우치를 보았느냐?"

대답하기를,

"본지 오삭(다섯 달)이나 되었나이다."

호조판서는 한자경을 엄수하고 각 창고를 조사하는데, 은궤를 열고 본즉 은은 없고 청개구리가 가득하며 또 돈궤를 열어 보니 돈은 없고 누런 뱀만 가득하였다. 호조판서가 이를 보고 크게 놀라 이 연유를 상달하였다. 상이 크게 놀라 여러 신하를 모아 의논하시더니, 각 창고의 관원이 아뢰되,

"창고의 쌀이 변하여 버러지뿐이요, 쌀은 한 섬도 없나이다."

또 각영 대장이 아뢰기를,

"고의 군기(軍器, 전쟁에 쓰는 도구나 기구)가 변하여 나무가 되었나이다."

또 궁녀 고하기를,

"내전에 범이 들어와 궁인을 해하나이다."

하였다. 상이 크게 놀라 급히 궁노수(弓弩手, 활과 쇠뇌를 쏘던 군사)를 발하여(일으켜) 내전에 들어가 보니 궁녀마다 범 하나씩 타고 있었다. 궁노를 발치(쏘지) 못하는 이 연유를 상주하니, 상이 더욱 놀라 궁녀 앞질러 쏘라 하였다. 궁노수, 하교를 듣고 일시에 쏘니 흑운(黑雲, 먹구름)이 일며 범에 탄 궁녀 구름에 싸여 하늘로 올라 호호탕탕히(기세 있고 힘차게) 헤어졌다.

상이 차경(此境, 이 지경)을 보시고,

"다 우치의 술법이니, 이놈을 잡아야 국가가 태평하리라."

하시고 차탄하시더니, 호조판서가,

"이 고에 은 도둑을 달아나지 못하도록 가두었으나, 이놈이 우치의 당류라 하오니 죽이사이다."

상이 임금의 청을 허락하심에 이 한가에게 형을 행할 적에, 문득 광풍이 불어 한자경이 간데없으니 이는 전우치가 구한 것이다. 행형관이 이대로 상달하였다.

이때 우치가 자경을 구하여,

"내 그대더러 무엇이라 당부하였는가. 그대를 불쌍히 여겨 그 그림을 주었는데 그대 내 말을 듣지 아니하고 하마터면 죽을 뻔하였으니, 이제 누구를 원망하며 누구를 한하리오."
하고 제집으로 보냈다.

방을 보고 궁궐로 들어가 선전관들을 골탕먹이다

우치가 두루 돌아다녀 한 곳에 다다라 보니 사문에 방을 붙여 놓았다. 내심 냉소하고 궐문(闕門)에 나아가 크게,

"전우치 자현(自現, 스스로 모습을 드러냄)하나이다."

정원(政院, 승정원. 왕명을 맡아보던 관아)에서 연유를 상달하니 상이 말하시길,

"이놈의 죄를 사하고 벼슬을 시켰다가 만일 역란(逆亂, 반란)함이 또 있거든 죽이리라."
하시고, 즉시 입시(入侍, 대궐에 들어가서 임금을 뵘)하라 하셨다. 우치가 들

어와 복지사은(伏地謝恩, 땅에 엎드려 은혜에 감사함)하니 상이 말하시길,

"네 죄를 아느냐?"

우치가 복지사례(伏地謝禮)하며,

"신의 죄 만사무석(萬死無惜, 만 번 죽어도 아까울 것이 없음)이옵니다."

"내 네 재주를 보니 과연 신기하다. 중죄를 사하고 벼슬을 주노니 너는 진충보국(盡忠報國, 충성을 다하여서 나라의 은혜를 갚음)하라."

하시고 선전관(宣傳官, 조선 시대 무관 벼슬)에 동자관(童子官) 겸 사복내승(司僕內承, 가마, 수레, 말 등을 맡아보는 관직)을 하게 하시니, 우치가 사은숙배(謝恩肅拜, 임금의 은혜에 감사하며 공손하게 절을 올림)하고 하처(下處, 객지에서 묵는 곳)를 정하였다. 궐내에 입직(入直, 관아에 들어가 차례로 당직함)할 적에, 행수(行首, 한 무리의 우두머리) 선전관이 조사(朝仕, 벼슬아치가 아침마다 으뜸 벼슬아치를 만나 봄) 보채기를 심히 괴롭게 하였다. 우치가 갚으려 하더니, 하루는 선전이 퇴질(매질)을 차례로 할 때, 우치가 조사 차례를 당함에 가만히 망두석(望頭石, 무덤 앞 양쪽에 세우는 한 쌍의 돌기둥)을 빼어다가 퇴를 맞히니, 선전들이 손바닥에 맞추어 아파서 능히 치지 못하고 그쳤다.

이래저래 여러 달이 지남에 선전들이 모두 하인을 꾸짖어 허참(許參, 허참례. 새로 부임한 관원이 선임자들에게 음식을 차려 대접하던 일)을 재촉하라 하였다. 하인들이 연유를 고하니 우치는,

"명일(明日, 내일) 백사장으로 제진(齊進, 여럿이 한꺼번에 나아감)하라."

서원(書員, 벼슬 이름)이 품하되(웃어른이나 상사에게 어떤 일의 가부나 의견 따위를 글이나 말로 묻기를),

"자고로 허참을 적게 하려 해도 수백 금이 드오니 사오 일을 숙설(熟設,

음식을 만듦)하와 치르리이다."

"내 준비하였으니, 너는 잔말 말고 개문입시(開門入侍)하여 하인 등을 대령하라."

서원과 하인이 물러나와 서로 의논하되,

"우치 비록 능하나 이 일새(일솜씨)에는 믿지 못하리라."

하고, 각처에 지휘하여 명일 평명(平明, 해가 뜨는 시각)에 백사장으로 제진하게 하였다. 이튿날 모든 하인이 백사장에 모이니 구름 차일은 반공(半空, 땅으로부터 그리 높지 않은 허공)에 솟아 있고 포진(鋪陳, 바닥에 깔아 놓는 방석, 요, 돗자리 따위를 통틀어 이르는 말)과 수석금병(繡席錦屛, 수를 놓은 방석과 비단 병풍)이 눈에 휘황찬란하며, 풍악이 진천(振天, 소리가 하늘에까지 떨쳐 울림)하며 수십 간 뜸집(띠 따위로 지붕을 이어 간단히 지은 집)을 짓고 일등 숙수아(熟手兒, 요리사) 열 명이 앞에 안반(떡을 칠 때에 쓰는 두껍고 넓은 나무 판)을 놓고 음식을 장만하니, 그 풍비(豊備, 풍부하게 갖춤)함은 금세(今世, 이승)에 없을 것이었다.

날이 밝음에 선전관 사오 인이 일시에 준총(駿驄, 걸음이 몹시 빠른 말)을 타고 오니 포진이 극히 화려하였다. 차례로 좌정함에 오음육률(五音六律, 중국 음악의 다섯 가지 소리와 여섯 가지 율)을 갖추어 풍악을 질주(迭奏)하니, 맑은 소리 반공에 어리었다.

각각 상을 들이고 잔을 날려 술이 반감(半酣, 반취, 술에 반쯤 취함)하매 우치는,

"계집을 데려왔으니 각각 하나씩 수청하여 흥을 도움이 가하나이다."

하니, 제인(諸人, 모든 사람)이 기뻐하고 하나씩 불러 앉히는데, 각각 계집

을 앉히고 보니 다 제인의 아내였다.

　놀랍고 분하나 서로 알까 두려워하며 아무 말도 못하고 크게 화를 내며 모두 상을 물리고 각기 말을 타고 집으로 돌아와 보니, 노복(奴僕, 사내종)이 서러워하고 통곡하였다. 집 안이 떠들썩하여 놀랍고 괴이하기에 물어보기를,

　"부인이 어느 때에 돌아가셨는가?"

　시비가,

　"오래지 아니하나이다."

하였다. 제인이 경악하며 그중 김 선전이란 자는 집에 돌아오니 노복이 발상(發喪, 상제가 머리를 풀고 슬피 울어 초상난 것을 알리는 절차)하고 울고 있었다. 물어보니 모든 노복이 반겨하며,

　"부인이 의복을 마르시다가 관격(關格, 먹은 음식이 갑자기 체함)되어 기세(棄世, 세상을 버린다는 뜻으로, 웃어른이 돌아가심을 이르는 말)하셨더니, 지금 회생하셨나이다."

하였다. 김 선전이 크게 화를 내며,

　"어찌 나를 속이려 하느냐?"

하고 분기(憤氣, 분한 생각)를 참지 못하여,

　"이 몹쓸 처자가 양가문호(良家門戶, 지체 있는 집안의 문벌)를 돌아보지 않고 이런 해괴하고 참담한 일을 하는데 전혀 몰랐으니 어찌 통탄치 않으리오."

하며, 진위(眞僞, 참과 거짓)를 알려 하여 들어가 본즉, 부인이 과연 죽었다가 깨었다. 부인이 일어나 비로소 김 선전을 보고 말하였다.

"내 한 꿈을 꾸니 한곳에 간즉 큰 잔치를 배설하고 모든 선전관이 자리에 죽 벌여서 앉고 나 같은 부인이 보였어요. 한 사람이 말하기를, 기생을 데려왔다 하니 하나씩 앞에 앉혀 수청케 하는데, 나는 가군(家君, 한 집안의 가장)의 앞에 앉히기로 묵연히 앉았지요. 좌중 제객(諸客, 여러 손님)이 다 좋아하지 아니하고 성난 얼굴빛을 띠더니, 가군이 먼저 일어나며 모든 사람이 또 각각 흩어지는 바람에 내 꿈을 깨었어요."

김 선전이 부인의 말을 듣고 할 말이 없는 중 가장 의혹하였다. 하루는 동관(同官, 한 관아에서 일하는 같은 등급의 관리나 벼슬아치)으로 더불어 즉일(卽日, 그날) 백사장 놀음의 창기 말과 각각 부인이 혼절하던 일을 전하여,

"이는 반드시 전우치가 요술로 우리를 욕보임이라."

하였다.

도술로 도적떼를 속이고, 개과천선시키다

이때 함경도 가달산에 한 도적이 있어 재물을 노략하며 인민을 살해함에 본읍 원이 관군을 일으켜 잡으려 하되 잡지 못하고 나라에 장계하였다. 상이 크게 근심하사 조정에 일이 일어나기 전에 알려 파적지계(破賊之計, 적을 물리칠 꾀)를 의논하라 하시니, 우치가 아뢰었다.

"도둑의 형세 심히 크다 하오니 신이 홀로 나아가 적의 세력을 본 후 잡을 묘책을 정하리다."

상이 크게 기뻐하여 어주(御酒, 임금이 신하에게 내리는 술)와 인검(引劍, 임금이 장수에게 주던 검)을 주시며 일렀다.

"도적의 형세 넓고 크거든 이 칼로 군사를 호령하라."

우치가 사은하고 물러나와 즉시 말에 올라 군사를 거느리고 여러 날 만에 가달산 근처에 다다라 보니, 큰 산이 하늘에 닿을 듯하고 수목이 무더기로 자라 빽빽하며, 기암괴석이 중중(重重, 겹겹으로 싸여 있음)하니 가장 험악하였다. 우치가 군사를 산하에 머무르게 하고 하사받은 인검을 가지고 몸을 흔들어 솔개로 변하여 가달산으로 갔다.

적의 무리 수천 명 중에 한 괴수 있으니, 성은 엄(嚴)이요 이름은 준(俊)인데, 용맹이 절륜(絶倫, 두드러지게 뛰어남)하고 무예가 출중하였다. 이때 우치가 공중에서 두루 살피니, 엄준이 엄연히 홍일산(紅日傘, 의장으로 쓰던 붉은 빛깔의 양산)을 받고 천리백총마(千里百驄馬, 천 리를 달리는 흰 말)를 타고 색깔 고운 옷을 입은 젊은 시녀를 좌우에 벌이고 종자 백여 명을 거느리고 바야흐로 산 사냥을 하고 있었다. 우치가 자세히 살펴보니 기골이 장대하고 신장이 팔 척이요, 낯빛이 붉고 눈이 방울 같으며 수염은 비늘을 묶어 세운 듯하니, 곧 일대걸물(一代傑物, 한 시대의 뛰어난 인물)이었다. 엄준이 추종들을 거느리고 이 골 저 골로 한바탕 사냥하다가.

"오늘은 각처 갔던 장수들이 다 올 것이니, 소 열 필만 잡고 잔치하리라."

하고 분부하는 소리, 쇠북을 울리는 것 같았다.

이때 우치가 한 가지 꾀를 생각하고 나뭇잎을 훑어 신병(神兵, 신이 보낸 군사. 강한 군사)을 만들어 창검을 들리고 기치(旗幟, 깃발)를 벌려 진(陳)을 이루고 머리에 쌍봉 투구를 쓰고 몸에 황금 쇄자갑(鎖子甲, 돼지가죽으로 된 미늘을 작은 고리로 꿰어 만든 갑옷)에 황라 전포(黃羅戰袍, 누른 비단으로 만든 전포. 전포는 전쟁 때 장수가 입은 긴 웃옷)를 겹쳐 입고 천리오추마(千里烏騅馬, 검은 털에 흰 털이 섞인 천리마)를 타고 손에 청사랑인도(靑蛇兩刃刀, 푸른 뱀의 머리가 새겨져 있고 양쪽에 날이 있는 검)를 들고 짓쳐 들어가니 성문을 굳게 닫았다. 우치가 문 열리는 진언을 외우니 문이 절로 열렸다. 들어가며 좌우를 살펴보니, 웅장하고 화려한 집이 두루 널렸고 사방의 창고에 미곡이 가득하였다. 차차 전진하여 한 곳에 이르니 궁궐이 굉장하여 붉은 칠을 한 난간과 채색을 한 누각이 반공에 솟아 있었다. 우치가 이윽히 보다가 솔개로 변하여 날아 들어가니, 우두머리 도둑이 황금 교자에 높이 앉고, 좌우에 여러 장수를 차례로 앉히고 크게 잔치하며, 그 뒤에 미녀 수백인이 죽 벌여 앉아 상을 받았다. 우치가 하는 양을 보려 하고 진언을 외우니 무수한 줄이 내려와 모든 장수의 상을 거두어 가지고 중천(中天)에 높이 떠오르며, 광풍이 크게 일어나니 눈을 뜨지 못하고, 운문(雲紋, 구름 무늬) 차일과 수놓은 병풍이 무너져 공중으로 날아가니 엄준이 정신을 진정치 못하여 풀 아래 나무 등걸을 쳐들고, 모든 군사가 차반(맛있게 잘 차린 음식)을 들고 바람결에 흘러가 굴렀다.

우치가 한바탕 속이고 바람을 거두었다. 빼앗아 온 음식을 가지고 산 하에 내려와 군사들에게 나누어 먹이고 그곳에서 잤다.

이때 바람이 그치매 엄준과 제장이 비로소 정신을 차리고 보니, 많은 음식이 하나도 없으므로, 엄준이 가장 괴이히 여겼다.

이튿날 해 뜨는 때에 우치는 다시 산중에 들어가 갑주(甲胄, 갑옷과 투구)를 갖추고 문전에 이르러 큰 소리로 불렀다.

"반적(叛賊, 자기 나라를 배반한 역적)은 바삐 나와 내 칼을 받으라."

문을 지키는 군사 급히 고하니 엄준이 크게 놀라 급히 장수를 거느리고 문밖에 나와 진을 벌이고 칼을 휘두르며 말하였다.

"너는 어떠한 장수인데 감히 와 싸우고자 하는가?"

"나는 전교(傳敎, 임금의 명령)를 받아 너희를 잡으러 왔으니 내 성명은 전우치다."

"나는 엄준이다. 네 능히 나를 당할까."

하며 달려드니, 우치가 맞서 싸울 때 두 사람의 재주 신기하여 맹호 밥을 다투는 듯 청황룡(靑黃龍)이 여의주를 다투는 듯하였다. 두 사람의 정신이 씩씩하여 진시로부터 사시(巳時, 오전 9시~11시)에 이르도록 승부 없으매 양진에서 징을 쳐 군을 거두었다. 제장이 엄준을 보고 치하하였다.

"어제 큰 재앙을 만나 마음이 놀랐으되, 오늘 범 같은 장수를 능히 대적하니 하늘이 도우심입니다. 그러나 적장의 용맹이 절륜하니 가히 가볍게 생각하고 대적하지 못할 것입니다."

엄준이 크게 웃었다.

"적장이 비록 용맹하나 내 어찌 저를 두려워하리오. 명일은 결단코 우치를 베고 바로 경성으로 향하리라."

이튿날에 진문을 활짝 열고 엄준이 큰 소리로 불렀다.

"전우치는 빨리 나와 내 칼을 받으라. 오늘은 맹세코 너를 베리라."

하고 장검출마(裝劍出馬, 칼을 들고 말을 타고 나감)하여 전우치를 비방(誹謗, 비웃고 헐뜯음)하니, 우치가 크게 화를 내며 말을 내몰아 칼춤 추며 즉취(則取, 즉시 취함)엄준하여 교봉(交鋒, 서로 병력을 가지고 전쟁을 함) 30여 합에 적장의 창이 번개 같았다. 우치가 무예로 이기지 못할 줄 알고 몸을 흔들어 변하여 제 몸은 공중에 오르고 거짓 몸이 엄준을 대적하면서, 심하게 욕하고 꾸짖었다.

"내 평생에 살생을 아니하려다가 이제 너를 죽이리라."

그러다가 다시 생각하기를, '이놈을 생포하여 만일 순종하면 죄를 사하여 양민으로 만들고, 그렇지 않으면 죽여 후환을 없애리라.' 하고 공중에서 칼을 번득이며,

"적장 엄준은 나의 재주를 보라."

하니, 엄준이 크게 놀라 하늘을 쳐다보니 한 떼 구름 속에 우치의 검광이 번개 같았다. 놀라 얼굴빛이 달라져서 급히 본진으로 돌아오는데, 앞으로 우치가 칼을 들어 길을 막고 또 뒤로 우치를 따르고 좌우로 칼을 들어 짓쳐 오고, 또 머리 위로 우치가 말을 타고 춤추며 엄준을 범함이 급하였다.

엄준이 정신 아득하여 말에서 떨어지니, 우치가 그제야 구름에서 내려 거짓 우치를 거두고 군사를 호령하여 엄준을 결박한 후 본진으로 보내고 적장들을 엄살(별안간 습격하여 죽임)하니, 적진 군사가 잡혀감을 보고 싸울 뜻이 없어 손을 묶어 사라지려 하였다. 우치가 한 사람도 상치 아니하고 꾸짖었다.

"너희들이 도둑이 되어 각 읍을 노략하고 백성을 살해하니 그 죄 비경할지나 특별히 죄를 사하노니, 너희들은 각각 고향에 돌아가 농업에 힘쓰고 가산을 다스려 양민(선량한 백성)이 되라."

모든 군사가 고두사은(叩頭謝恩, 머리를 숙여 은혜에 감사함)하고 행장(行裝, 여행할 때 쓰는 물건과 차림)을 수습하여 일시에 흩어졌다.

우치가 엄준의 내실에 들어가니 녹의홍상(綠衣紅裳, 연두저고리에 다홍치마. 젊은 여자의 고운 옷차림)한 시녀와 가인(佳人, 미인)이 수백 명이었다. 각각 제집으로 보내고 본진에 돌아와 장대에 높이 앉고 좌우를 호령하여 엄준을 계하에 꿇리고 큰 소리로 꾸짖었다.

"네 재주와 용맹이 있거든 마땅히 진충보국하여 후세에 이름을 전함이 옳을 것인데, 감히 역심을 품고 산적이 되어 재물을 노략하고 인민을 살해하니, 마땅히 삼족을 멸할 것이다. 어찌 용서하리오."

무사를 호령하여 원문 밖에 목을 베라 하니, 엄준이 슬피 빌기를,

"소장의 죄상은 만사무석이오나 장군의 하해(河海, 큰 강과 바다) 같으신 덕으로 잔명(殘命, 얼마 남지 아니한 쇠잔한 목숨)을 살리시면 마땅히 허물을 고치고 장군의 지휘 아래 좇으리이다."

하며, 뉘우치는 눈물이 비 오듯 하여 진정이 표면에 드러났다. 우치가 침묵하다 이르기를,

"네 실로 회과천선(悔過遷善, 개과천선. 지난날의 잘못을 뉘우치고 선하게 됨)하면 죄를 사하리라."

하고, 무사를 분부하여 매인 것을 풀고 위로하였다. 그 후 신병을 파하고 첩서(捷書, 싸움에서 승리한 것을 보고하는 글)를 써 올린 후, 산채에 불 지르고 즉시 길을 떠나니, 엄준이 우치의 재주에 항복하여 은혜를 사례하고 고향에 돌아가 양민이 되었다.

우치는 궐하(闕下, 임금의 앞)에 나아가 땅에 엎드리니 상이 적을 쳐부순 설화를 들으시고 칭찬하시며 상을 후히 주시니 우치는 임금의 은덕을 감사히 여겨 집에 돌아와 모친을 뵈옵고 상사(賞賜, 칭찬하고 물품을 줌)하

신 물건을 주니 부인이 감격하였다.

자신에게 앙심을 품은 선전관들을 꾸짖다

우치가 서울에 돌아온 후 조정 백관이 다 우치를 보고 성공함을 치하하되 선전관은 한 사람도 온 자 없으니, 이는 전일 놀이에 부인들을 욕보인 허물일 것이다.

우치가 짐작하고 다시 속이려 하더니, 하루는 달빛이 조용함을 틈타 오색구름을 타고 황건역사(黃巾力士, 황색 두건을 쓴 신장)와 이매망량(魑魅魍魎, 온갖 도깨비)을 다 모으고 신장(神將, 무력을 맡은 장수 신)을 명하여 모든 선전관을 잡아 오라 하니 오래지 아니하여 잡아 왔다. 우치가 구름 교의에 높이 앉고 좌우측 신장이 벌여 서서 등촉(燈燭, 등불과 촛불)이 휘황한 중 그 위풍이 늠름하였다.

문득 우치가 크게 소리를 질러 꾸짖으며,

"내 너희들의 교만한 버릇을 징계하려 하여 전일 너희들의 부인을 잠깐 욕되게 하였으나 극한(더할 수 없는 정도에 이른) 죄 없는데, 아직도 이렇듯 함원(含怨, 원한을 품음)하니, 잡아 풍도(酆都, 도가에서 지옥을 이르는 말)로 보냈다. 내 밤이면 천상 벼슬에 다사(多事, 일이 많음)하고 낮이면 국가에 중임이 있어 지금껏 지체하였으나, 이제 너희를 잡아 옴은 지옥에 보내어 만모(慢侮, 거만한 태도로 남을 업신여김)한 죄를 씻으려 함이라."

하고 역사로 하여 곧 몰아내라 하니, 모두 이 말을 듣고 달려들었다. 우치가 다시 분부하였다.

"너희는 이 죄인을 데리고 냉옥(冷獄)에 가두고 법왕(法王, 염라대왕)께 고하여 이 죄인들을 지옥에 가두고 팔만 겁(劫, 무한히 긴 시간)이 지나거든 업축(業畜, 전생에 지은 죄로 이승에 태어난 짐승)을 만들어 보내라."

모든 선전관이 두려워 허둥지둥하는 중에 차언(此言, 이 말)을 들으니, 혼비백산하여 빌었다.

"저희들이 암매(暗昧, 일에 어두움)하여 대죄를 범하였사오니, 바라건대 죄를 사하시면 다시 허물을 고치리다."

우치가 시간이 꽤 지나 하는 말이,

"내 너희를 풍도로 보내고 천 년이 지나도록 인세(人世, 인간세상)에 나지 못하게 하려 했더니, 이전의 안면을 고려하여 아직 놓아 보내니 후일 다시 보아 처치하리라."

하고 모두 내쳤다. 이때 선전관이 다 깨달으니 한 꿈이라. 정신을 진정치 못하여 땀이 흐르고 심혼(心魂, 온 정신)이 요요(搖搖, 몹시 흔들림)하였다.

하루는 선전관이 모두 이전의 몽사(夢事, 꿈의 일)를 말하니, 다 한결같았다. 이러므로 그 후로는 우치 대접하기를 각별히 하였다.

모함을 받아 위험에 처하나 재치로 궁궐을 빠져나오다

이때 상이 호조판서에게 묻기를,

"전일 호조의 은이 변하였다 하니 어찌 된고?"

하니,

"지금껏 변하여 있나이다."

상이 또 창고를 물으시니, 다 '변한 대로 있나이다' 하므로, 상이 근심하는데 우치가 말하기를,

"신이 원컨대 창고와 어고를 가 보고 오리이다."

하니 상이 허하시어, 우치가 호조판서를 따라 호조에 이르러 문을 열고 보니 은이 예와 같았다. 호조판서가 크게 놀라,

"내가 작일(昨日, 어제)에도 보고 아까도 변함을 보았는데, 지금은 은으로 보이니 가장 괴이하구나."

하고 창고에 가 문을 열고 보니 쌀이 여전하고 조금도 변한 데가 없으므로 모두 놀라고 신기히 여기었다.

우치가 두루 살펴보고 궐내에 들어가 이대로 상달하니, 상이 들으시고 기꺼워하셨다.

이때 간의대부가 임금에게 아뢰기를,

"호서(湖西, 충청도) 땅에 사오십 명이 둔취(屯聚, 여러 사람이 한 곳에 모임)한 후 역모할 일을 의논하여 불구(不久, 오래지 않음)에 기병하리라 하고 사자가 문서를 가지고 신에게 왔사오니 그자를 가두고 사연을 아뢰나이다."

상이 탄식하였다.

"과인(寡人, 덕이 적은 사람이란 뜻으로, 임금이 자신을 낮추어 일컫던 1인칭 대명사)이 박덕(薄德, 덕이 없음)하여 처처에 도둑이 일어나니, 어찌 한심치 아니하리오."

금부와 포청으로 잡으라 하시니, 불구에 적당을 잡았다. 상이 친국(親鞫, 임금이 죄인을 몸소 신문함)하실 적에, 그중 한 놈이 아뢰기를,

"선전관 전우치는 재주가 과인(過人, 보통 사람보다 뛰어남)하기로 신등(臣

等, 신하들이 임금을 상대하여 자기들을 가리키는 1인칭 대명사)이 우치를 임금으로 삼아 만민을 평안하려 하더니, 명천(明天, 맑은 하늘)이 불우하여 발각하였사오니 죄사무석(罪死無惜, 죄가 무거워 죽어도 안타깝지 않음)이옵니다."

이때 우치가 문사낭청(問事郎廳, 죄인을 신문할 때 기록과 낭독을 담당한 벼슬)으로 시위(侍衛, 임금을 모시어 호위함)하였더니, 불의에 이름이 역도(逆徒, 역모의 무리)의 초사(招辭, 죄인이 범죄 사실을 진술하던 일)에 나는 것이었다. 상이 노하였다.

"우치가 모역(謀逆, 반역을 꾀함)함을 짐작하되 나중을 보려 하였더니, 이제 발각하였으니 빨리 잡아 오라."

나졸이 명을 받아 일시에 따라 들어 관대(冠帶, 벼슬아치들의 복장)를 벗기고 옥계하(玉階下, 대궐의 섬돌 아래)에 꿇렸다. 상이 진노하사 형틀에 올려 매고 수죄(數罪, 범죄 행위를 들추어 세어 냄)하사,

"네 전일 나라를 속이고 도처마다 장난함도 용서치 못할 바인데, 이제 또 역률(逆律, 역적을 처벌하는 법률)에 들었으며 발병(發兵, 전쟁을 하기 위하여 군사를 일으킴)하니 어찌 면하리오."

하시고,

"나졸을 호령하여 한 매에 죽이라."

하시니, 집장(執杖, 곤장을 잡은 사람)과 나졸이 힘껏 치나 능히 또 매를 들지 못하고 팔이 아파 치지 못하였다. 우치가 아뢰었다.

"신의 전일 죄상은 죽어 마땅하나 금일 일은 억울하오니 용서하옵소서."

주상이 필경 용서치 아니하셨다.

"신이 이제 죽사올진대 평생에 배운 재주를 세상에 전하지 못하올 것입니다. 지하에 돌아가 원혼이 되리니, 엎드려 바라건대 성상(聖上, 임금을 높여 부르는 말)은 원을 풀게 하옵소서."

상이 헤아리시되,

"이놈이 재주 능하다 하니 시험하여 보리라."

하시고,

"네 무슨 능함이 있기에 이리 보채는가?"

"신이 본시 그림 그리기를 잘하니 나무를 그리면 나무가 점점 자라고 짐승을 그리면 짐승이 기어가고, 산을 그리면 초록이 나서 자라니 이러므로 명화라 하오니, 이런 그림을 전하지 못하옵고 죽사오면 어찌 원통치 않으리까."

상이 생각하시기를,

'이놈을 죽이면 원혼이 되어 괴로움이 있으리라.'

하여, 즉시 맨 것을 풀어 주시고 지필을 내리사 원을 풀라 하시니 우치가 지필을 받고 곧 산수를 그렸다. 천봉만학(千峰萬壑, 수많은 산봉우리와 산골짜기)과 만장폭포(萬丈瀑布, 높은 데서 떨어지는 폭포) 산상을 좇아 산 밖으로 흐르게 하고 시냇가에 버들을 가지 늘어지게 그리고, 밑에 안장 지은 나귀를 그리고 붓을 던진 후 사은하매, 상이 물었다.

"너는 방금 죽을 놈이라. 사은함은 무슨 뜻인가?"

우치가 말하였다.

"신이 이제 폐하를 하직하옵고 산림으로 들어 여년을 마치고자 하여 아뢰었나이다."

하고, 나귀 등에 올라 산동구(山洞口)에 들어가더니 이윽고 간데없었다. 상이 크게 놀라,

"내 이놈의 꾀에 또 속았으니 이를 어찌하리오."

하시고, 그 죄인들을 내어 베라 하시고 친국을 파하셨다.

자신을 해치려던 왕연희에게 복수하다

이때 우치가 조정에 있을 때에 매양 이조판서 왕연희(王延喜)가 자기를 시기하여 해코자 하더니, 이날 친국 시에 상께 참소하여 죽이려 하므로, 몸이 변하여 왕연희가 되어 추종을 거느리고 바로 왕연희 집에 갔다. 연희가 궐내에서 나오지 않았으므로, 이에 내당에 들어가 있었다. 일몰(日沒, 해질녘)할 때 왕공이 돌아오매 부인과 시비 등이 막지기고(莫知其故, 까닭을 알지 못함)하였다. 우치가 말하였다.

"천 년 된 여우가 변하여 내 얼굴이 되어 왔으니, 이는 변괴로군."

왕연희는,

"어떤 놈이 내 얼굴이 되어 내 집에 있는가?"

하고 소리를 벽력같이 질렀다. 우치는 즉시 하리(下吏, 행정 실무에 종사하던 관리)에게 명하여 냉수 한 그릇과 개 피 한 사발을 즉시 가져오게 하였다. 우치가 연희를 향하여 한 번 뿜고 진언을 외우니 왕연희는 변하여 꼬리 아홉 가진 여우가 되었다. 노복 등이 그제야 칼과 몽치를 가지고 달려드는 것을 우치가 만류하며,

"이 일은 우리 집 큰 변괴니 궐내에 들어가 아뢰고 처치하리라."

하고, 아주 단단히 묶어 방중에 가두라 하니 노복이 네 다리를 동여 방에 가두고 숙직하였다.

왕공이 불의지변(不意之變, 뜻밖에 당한 변고)을 만나 말을 하려 하여도 여우 소리처럼 되고 정신이 아득하여 기운이 없으니 그 아무것도 할 줄 모르고 눈물만 흘렸다. 우치가 생각하되,

'사오 일만 속이면 목숨이 그칠까.'

하여 차야(此夜, 다음 날 밤)에 우치가 왕공 가둔 방에 이르러 보니, 사지를 동여 꿇려져 있다. 우치는,

"연희야, 너는 나와 평일에 원수 없는데 구태여 나를 해하려 하느냐. 하늘이 죽이려 하시면 죽겠지만 그렇지 아니하면 죽지 아니할 것이다. 네 미혹하여 나라에 참소하고 득총(得寵, 총애를 얻음)하려 하기로 나는 너를 칼로 죽여 한을 풀 것이로되, 내 평생에 살생 아니하기로 너를 용서하니, 일후 만일 어전에서 나를 향하여 무고한 짓을 하면 그때는 용서하지 않으리라."

하고 진언을 외우니 왕연희가 의구(依舊, 예전과 다름이 없음)하였다. 연희가 벌써 우치인 줄 알고 황겁(惶怯, 겁이 나서 얼떨떨함)하여 재배하고,

"전공의 재주는 세상에 없는 것입니다. 내 삼가 교훈을 불망(不忘, 잊지 아니함)하리다."

하고 무수히 사례하였다.

"내 그대를 구하고 간다. 내 돌아간 후 집안이 소요(騷擾, 여럿이 떠들썩하게 들고일어남)하리니 여차여차하고 있으라."

하고, 우치는 구름에 올라 남쪽으로 갔다.

이런 말을 왕공이 듣고,

"우치의 술법이 세상에 희한한 일이요, 살해는 아니하는구나."

하고, 즉시 노복을 불러 요정(妖精, 요사스러운 정령. 여기서는 전우치가 왕연희를 변신시킨 여우)을 수색하라 하니 노복 등이 가서 보니 간데없었다. 크게 놀라 이대로 고하니 공이 노하여,

"너희들이 소홀하여 놓쳤구나."

하고 꾸짖어 물리쳤다.

질투심 많은 민씨 부인을 골탕먹이다

이때에 우치가 집에 돌아와 한가히 돌아다니다 한 곳에 이르러 보니 소년들이 한 족자를 가지고 다투어 보며 칭찬하였다.

"이 족자 그림은 천하에 짝 없는 명화(名畵)다."

우치가 그림을 보니 미인도 있고 아이도 있어 희롱하는 모양이로되, 입으로 말은 못 하나 눈으로 보는 듯하니 생기유동(生氣遊動, 살아 있는 듯한 기운과 움직임)하였다. 모든 소년이 보고 흠앙(欽仰, 공경하여 우러러 사모함)해 마지않았다. 우치가 한 가지 꾀를 생각하고 웃으면서 말하였다.

"그대들 눈이 높아 그러하겠지만 물색(物色, 어떤 일의 까닭이나 형편)을 모르는군."

"이 족자 그림이 사람을 보고 웃는 듯하니, 이런 명화는 이 천하에 없을까 하오."

"이 족자 값이 얼마나 하는가?"

"값인즉 은자 오십 냥이니 그림 값은 그림 분수(分數, 점수)보담 적소."

"내게도 족자 하나 있으니 그대들은 구경하라."

하고, 소매에서 족자 하나를 내어 놓으니, 모두 보건대 역시 미인도였다. 인물이 가장 아름답고 녹의홍상을 정제(整齊, 격식에 맞게 차려 입고 매무시를 바르게 함)하였으니 옥모화용(玉貌花容, 옥같이 아름답고 꽃다운 얼굴)이 짐짓 경국지색(傾國之色, 뛰어나게 아름다운 미인)이었다. 그 미인이 유마병(술병)을 들었으니 가장 신기롭고 묘하였다.

여러 사람이 보고 칭찬하였다.

"이 족자가 더욱 좋으니, 우리 족자보담 낫구나."

우치는,

"내 족자는 화려함도 사람의 이목을 놀라게 하겠지만 한층 더 묘한 것을 구경케 하리라."

하고 가만히 부르기를,

"주선랑(酒仙娘)은 어디 있는가?"

하더니, 문득 족자 속의 미인이 대답하고 나왔다.

"선랑은 모든 상공께 술을 부어 드려라."

선랑은 즉시 응낙하고 벽옥배(碧玉杯, 푸른 옥으로 만든 술잔)에 청주를 가득 부어 드리니, 우치가 먼저 받아 마셨다. 동자가 마침 상을 올리므로, 안주를 먹은 후에 연하여 차례로 드리니 제인이 받아 먹은즉 맛이 가장 청렬(淸冽, 맑고 상쾌함)하였다.

여러 사람들이 각각 일배주(一杯酒, 한 잔의 술)를 파한 후 주선랑이 동자를 데리고 상과 술병을 거둔 후 도로 족자 그림이 되니, 사람들은 크게

놀라,

"이는 신선이요, 조화(造化)가 아니구나. 이 희한한 그림은 천고에 듣지도 못하고 보던 바 없다."

하고 기리기를 마지않았다. 그중에 오생(吳生)이란 사람이,

"내 한번 시험하여 보리라."

하고 우치에게 청하였다.

"우리들의 술은 나쁘니 주선랑을 다시 청하여 한 잔씩 먹게 함이 어떠한가?"

우치가 허락하였다. 오생이 가만히 부르기를,

"주선랑아, 우리들의 술은 나쁘니 더 먹기를 청한다."

하니, 문득 선랑이 술병을 들고 나오고 동자는 상을 가지고 나왔다. 사람들이 자세히 보니 그림이 화하여 사람이 되어 병을 기울여 잔에 가득 부어 드리니, 받아 마신즉 향기 입에 가득하고 맛이 기이하였다.

사람들은 또 한 잔씩 마시니 술에 잔뜩 취하였다.

"우리들은 오늘날 존공(尊公)을 만나 선주를 먹으니 다행스럽고, 또한 묘한 일을 많이 보니 신통함이야 어찌 측량하리오."

하자, 그 사람의 말을 들은 우치는,

"그림의 술을 먹고 어찌 사례하리오."

"그 족자를 내 가지고자 하오니 팔고자 하는가?"

"내 가진 지 오래요. 그러나 정히 욕심을 내는 자 있으면 팔려 하오."

"그럼 값이 얼마나 되는가?"

"술병이 천상의 주천(酒泉, 술이 솟는 샘)을 응하였기로 술이 일시도 없지

않아 유주영준(有酒盈樽, 술이 항아리에 가득함)하니, 이러므로 극한 보배라 은자 일천 냥을 받고자 하나 오히려 헐하다 할 것이오."

"내게 누만금(累萬金)이 있으나 이런 보배는 처음 보는 바요. 원컨대 형은 내 집에 가 수일만 머무르면 일천 금을 주겠소."

우치가 족자를 거두어 가지고 오생의 집으로 가고, 사람들은 대취하여 각각 흩어졌다.

우치는 족자를 오생에게 전하고 말하기를,

"내 명일 돌아올 것이니 값을 준비하여 두라."

하고 가 버렸다.

오생이 술에 대취하여 족자를 가지고 내당에 들어가 다시 시험하려 하고 족자를 벽상에 걸고 보니 선랑이 병을 들고 섰다. 생이 가만히 선랑을 불러 술을 청하니 선랑과 동자가 나와 술을 더 권하였다. 생이 그 고운 태도를 보고 사랑하여 이에 옥수를 이끌어 무릎 위에 앉히고 술을 받아 마신 후 춘정(春情, 남녀간의 사랑하는 마음)을 이기지 못하여 침석(枕席, 잠자리)에 나아가고자 하였다.

문득 문을 열고 급히 들어오는 여자가 있으니, 생의 처 민씨(閔氏)였다. 위인이 투기에는 선봉이요 싸움에는 대장이라 생이 어쩌지 못하였다. 금일 생이 선랑을 안고 있음을 보고 크게 화를 내며 급히 달려드니, 선랑이 일어나 족자로 들어갔다. 이 모습에 더욱 화를 내며 족자를 갈가리 찢어 버렸다.

생이 크게 놀라 민씨를 꾸짖을 즈음에 우치가 와서 불렀다. 오생이 나와 맞아 예필(禮畢, 인사를 마침) 후 전후수말(前後首末, 일의 처음과 끝)을 자세히 고하였다. 우치가 즉시 몸을 흔들어 거짓 몸은 오생과 수작하고 참 몸은 방 안으로 들어가 민씨를 향하여 진언을 외우니, 문득 민씨가 변하여 대망(大蟒, 이무기)이 되어 방에 가득하였다. 우치는 가만히 나와 거짓 몸을 거두고 참 몸을 현출(現出, 보이지 않던 것이 다시 나타남)하여 오생에게 말하였다.

"이제 형의 부인이 나의 족자를 없앴으니 값을 어찌하려 하는가?"

오생이 말하였다.

"이는 나의 죄요. 어찌 값을 아니 내리오. 마땅히 환을 하여 주시면 즉시 갚겠습니다."

우치가 말하였다.

"그러나 그대 집에 큰 변괴 있으니 들어가 보시오."

오생이 경악하여 안방에 들어와 보니 문득 금빛 같은 대망이 두 눈을 움직이며 상 밑에 엎디어 있다. 생이 대경실색(大驚失色, 몹시 놀라 얼굴이 하얗게 질림)하여 급히 내달으며 우치를 보고 일렀다.

"방중에 흉악한 짐승이 있음에 쳐 죽이려 하오."

"그 요괴를 죽이지는 못할 것이오. 만일 죽이면 큰 화를 당할 것입니다. 내게 한 부적이 있으니 그 부적을 허리에 붙이면 오늘 저녁까지 자연 사라질 것이오."

하고, 소매 속의 부적을 내어서 안방에 들어가 대망의 허리에 붙이고 나와 오생에게 물었다.

"이곳에 경문 외우는 자 있는가?"

생이 말하였다.

"이곳에는 없습니다."

"그러면 방문을 열고 보지 마라."

당부하고, 즉시 거짓 민씨 하나를 만들어 내당에 두고 돌아갔다.

생이 우치를 보내고 내당에 들어오니 민씨가 금침에 싸여 누워 있다.

"우리 집의 여러 천 년 묵은 요괴가 그대 얼굴이 되어 외당에 나와 신선의 족자를 찢어 버리므로 아까 그 신선이 대망이 스스로 녹을 부적을 허리에 매고 갔소. 족자 값을 어찌하리오."

하고 근심하였다.

이튿날 우치가 돌아와서 방문을 열고 보니 민씨는 그대로 대망으로 있었다. 우치는 대망을 꾸짖었다.

"네 가군을 업신여겨 요악(요사하고 간사함)을 힘써 남의 족자를 찢고 또 나를 수욕(부끄럽고 욕되게)한 죄로 금사망을 씌워 여러 해 고초를 겪게 하 잤더니, 이제 만일 전과(前科)를 고쳐 회과천선할진대 이 허물을 벗기겠 지만 그렇지 않으면 그저 안 두리라."

민씨는 고두사죄(叩頭謝罪, 머리를 조아리고 잘못을 빎)하였다. 우치가 진언을 외우니 금사망이 절로 벗겨졌다. 민씨는 절을 하였다.

"선관의 가르치심을 들어 회과하오리다."

우치는 내당에 있는 거짓 민씨를 거두고 구름에 올라 돌아왔다.

상사병에 걸린 양봉환과 과부 정씨

하루는 양봉환이란 선비 있어 어려서 한가지(형태, 성질, 동작 따위가 서로 같은 것. 여기서는 같은 동창을 의미함)로 글을 배웠는데, 우치가 찾아가니 병이 들어 누워 있다. 우치가 놀라서 물었다.

"그대 병이 이렇듯 중한데 내 어찌 늦게야 알았는가?"

양생이 말하였다.

"때로 가슴이 아프고 정신이 혼미하여 식음을 폐한 지 오래니 살지 못할까 하네."

우치가 진맥하고 말하였다.

"이 병세, 사람을 생각하여 난 것이로군."

양생이 말하였다.

"과연 그렇다네."

우치가 말하였다.

"어떤 가인을 생각하는가? 나는 나이 삼십에 여색에 뜻이 없는데."

그러자 양생이 마지못하여 말하였다.

"남문 안 현동 사는 정씨라 하는 여자가 있는데, 일찍 과부 되어 다만 시모(媤母, 시어머니)를 모시고 사는데 인물이 절색이네. 마침 그 집 담 사이로 보고 돌아온 후, 사모하여 병이 되매 아마도 살아나지 못할까 하네."

우치가 말하였다.

"말 잘하는 매파(媒婆, 혼인을 중매하는 할멈)를 보내어 통혼(通婚, 청혼)하겠네."

양생이 말하였다.

"그 여자가 절개 송죽(松竹, 소나무와 대나무) 같으니 마침내 성사치 못하고 속절없이 은자 수백 냥만 허비하였네."

이를 듣고 우치가 말하였다.

"내 형장(兄丈, 동년배 간에 상대방을 높여 부르는 말)을 위하여 그 여자를 데려오겠네."

양생이 말하였다.

"형의 재주가 있다 하나 부질없는 헛수고만 할 걸세."

우치가 말하였다.

"그 여자 나이가 얼마나 되는가?"

양생이 답하였다.

"이십삼 세일세."

우치가 말하기를,

"형은 방심(放心, 마음을 놓음)하고 내가 돌아오기만 기다리게."

하고 구름을 타고 나갔다.

차설(且說, 화제를 돌려 다른 이야기를 꺼낼 때 쓰는 말), 정씨 일찍 과거(寡居, 과부로 지냄)하고 홀로 세월을 보내며 슬픈 심회를 생각하여 죽고자 하나 임의(任意, 하고 싶은 대로 함)치 못하고, 위로 노모를 모시고 다른 형제·자매 없어 모녀 서로 의지하여 세월을 보내고 있었다. 하루는 정씨 심신이 산란하여 방 안에서 배회하더니 한 선관이 내려와 낭성(狼星, 별 이름)을 불러 말하였다.

"주인 정씨는 빨리 나와 남두성(南斗星, 인간의 수명을 관장하는 별)의 명을 받으라."

정씨가 이 말을 듣고 모친께 고하니 부인이 또한 놀라 뜰에 내려 복지하고 정씨 역시 복지하였다. 선관이 말하였다.

"선랑은 천명을 순수(順受, 순수히 받음)하여 천상 요지(瑤池, 신선 세계의 연못) 반도연(蟠桃宴, 삼천 년에 한 번 열리는 복숭아를 먹는 잔치)에 참여하라."

정씨 크게 놀라 말하였다.

"첩은 인간 더러운 몸이요, 또한 죄인입니다. 어찌 천상에 올라가 옥제(玉帝, 옥황상제) 좌하(座下, 받들어 모시는 자리)에 참여하겠습니까?"

선관이 말하기를,

"선랑은 인간의 더러운 물을 먹어 천상 일을 잊었구나."

하고 소매에서 호로(胡虜, 호리병)를 내어 향온(香醞, 향기로운 술)을 가득 부어 동자로 하여금 권하였다. 정씨 받아 마시니 정신이 혼미하여 인사(人事, 인간의 일)를 모르게 되었다. 선관이 정씨를 한 번 가리키니 문득 채운으로 올랐다.

전우치, 강림 도령에게 혼나다

이때 강림 도령(降臨道令, 염라대왕의 전령. 이승에서 죄를 짓거나 수명이 다 된 사람을 저승으로 데려가는 일을 했음)이 모든 거지를 데리고 저잣거리로 다니며 양식을 빌고 있는데, 홀연 채운이 동남으로 지나며 향취 옹비하였다. 강림이 쳐다보고 한 번 구름을 가리키니 운문(雲門, 구름 문)이 열리며 한 미인이 땅에 떨어졌다.

우치가 크게 놀라 급히 좌우를 살펴보니 아무도 법술(法術, 신선술을 익힌 사람의 술법)을 행하는 자가 없었다. 우치가 괴이히 여겨 다시 도술을 행하려 하더니, 문득 한 거지가 내달아 꾸짖었다.

"필부(匹夫, 보잘것없는 사내) 전우치는 들으라! 네 요술로 나라를 속이니 그 죄 크되 다만 착한 일을 하는 방편으로 삼으므로 무사함을 얻었지만, 이제 흉악한 심장으로 절부(節婦, 절개가 곧은 부인)를 훼절(毀節, 절조를 깨뜨림)코자 하니 어찌 명천(明天, 하느님)이 버려 두리오. 이러므로 하늘이 나를 내리사 너 같은 요물을 없애게 하심이다."

우치가 크게 화를 내며 보검을 빼어 치려 하였으나 그 칼이 변하여 큰 범이 되어 도리어 저를 해하려 한다. 우치가 몸을 피하고자 하더니 문득 발이 땅에 붙어 움직이지 못하게 되었다. 급히 변신코자 하나 술법이 행치 못하였다. 크게 놀라 그 아이를 보니 비록 의복은 남루하나 도법(道法)이 높은 줄 알고 몸을 굽혀 빌었다.

"소생이 눈이 있으나 망울이 없어 선생을 몰라본 죄 만사무석이오나 낡은 집에 노모가 계시는데 권세 잡고 가멸(부[富]) 있는 자가 너무 백성을 못살게 굴기로 부득이 나라를 속임이요, 또 정씨를 훼절하려 함은 병인(病人)을 살리려 함이니 원컨대 선생은 죄를 사하시고 선술(善術, 뛰어난 술법)을 가르쳐 주소서."

강림이 말하였다.

"그대 이르지 아니해도 내 벌써 알고 있다. 국운이 불행하여 그대 같은 요술이 세상에 작란(作亂, 난리를 일으킴)하니 소당(所當, 마땅히 할 바)은 그대를 죽여 후일의 폐단을 없이 하겠으나 그대의 노모를 위하여 특별히 한 목숨을 살려주니 이제 정씨를 데려다가 빨리 제집에 두어라. 병든 양가에게는 정씨 대신으로 할 사람이 있으니, 이는 조실부모(早失父母, 어려서 부모를 여읨)하고 혈혈무의(孑孑無依, 홀몸으로 의지할 곳이 없음)하나 마음이 어질고 성품이 유순할뿐더러 또한 성이 정씨요, 나이 이십삼 세이다. 만일 내 말을 어기면 그대의 몸에 큰 재앙을 면치 못할 것이다."

우치가 사례하여 말하였다.

"선생의 고성대명(高姓大名, 높고 위대한 이름)을 알고자 합니다."

기인(其人)이 대답하였다.

"나는 강림 도령이오. 세상을 희롱하고자 하여 거리로 빌어 먹으며 다니오."

우치가 말하였다.

"선생의 가르치심을 삼가 봉행(奉行, 웃어른이 시키는 대로 행함)하리이다."

강림이 요술을 내던 법을 풀어 내니 우치가 백배 사례하고 정씨를 구름에 싸 가지고 본집에 가 공중에서 그 시어머니를 불러 말하였다.

"아까 옥경(玉京, 하늘나라)에 올라가니 옥제 가라사대, '선랑의 죄 아직 남았으니 도로 인간에 내보내어 여액(餘厄, 아직 남은 재앙과 액운)을 다 겪은 후 데려오라' 하시매 도로 데려왔소."

하고 소매에서 향온을 내어 정씨의 입에 넣으니, 이윽고 깨어 정신을 차린다. 시어머니 정씨에게 선관이 하던 말을 이르고 신기하게 여겼다.

양봉환과 다른 정씨를 맺어주다

우치가 강림 도령에게 돌아와 그 여자 있는 곳을 물으니 강림이 환형단(換形丹, 겉모습을 바꿔 주는 신선의 약)을 내어 주며 그 집을 가리켰다. 우치가 하직하고 정씨를 찾아가니 그 집이 일간 초옥이요, 풍우를 가리지 못하였다. 이에 들어가 보니 한 여자 시름을 띠고 홀로 앉아 있었다. 우치가 나아가 달래 말하였다.

"낭자의 고단하신 말씀은 내 이미 알았지만 이제 청춘이 삼칠(三七, 스물한 살)을 지낸 지 오래돼 취혼치(혼인하지) 못하고 외로운 형상이 가련하였다. 내 낭자를 위하여 중매하겠소."

하고, 환형단을 먹인 후 진언을 외우니 정 과부의 모양과 일호차착(一毫差錯, 아주 작은 잘못이나 어긋남) 없이 되었다. 우치가 말하였다.

"양생이란 사람이 있는데 인물이 가장 아름답고 가산도 부유하나 정과부의 재색(才色, 여자의 재주와 아름다운 용모)을 사모하여 병이 들었으니 낭자 한번 가서 이리이리하라."

하고, 즉시 보를 씌워 구름 타고 양생의 집에 이르렀다. 우치가 거짓 정씨를 외당에 두고 내당에 들어가 양생을 보니 생이 물었다.

"양생의 일이 어찌되었는가?"

우치가 대답하였다.

"정씨의 행실이 빙설(氷雪, 얼음과 눈, 타고난 마음이 깨끗함을 의미) 같기로 일을 못 하고 왔네."

생이 말하기를,

"이제 속절없이 죽을 따름일세."

하고 탄식하니, 우치가 갖가지로 조롱하여 말하였다.

"내 이제 가서 정씨보담 백 배 나은 여자를 데려왔으니 보게."

양생이 대답하였다.

"내 미인을 많이 보았으되 정씨 같은 상은 없으니 형은 농담 말게."

우치가 대답하였다.

"내 어찌 희롱하겠나. 지금 외당에 있으니 보게."

양생이 겨우 몸을 일으켜 외당에 나와 보니 적실한 정씨이므로 반가움을 측량치 못하였다. 우치가 말하였다.

"내 낭자를 데려왔으니 잘 살게."

하니, 양생이 백배 사례하였다. 우치가 양생과 이별하고 돌아갔다.

서화담에게 굴복하고 함께 태백산으로 가다

선시(先時, 옛날)에 야계산(耶溪山)에 도사가 있으니 도학이 높고 마음이 청정하여 세상 명리를 구하지 아니하며, 다만 박전(薄田, 메마른 밭) 다섯 이랑과 화원(花園) 십 간으로 세월을 보내니 이곳이 지상선(地上仙, 천도교에서 쓰는 말로 땅 위의 신선이란 의미)이다. 성호(姓號, 성과 호)는 서화담(徐花潭, 서경덕)이니 나이 오십오 세에 얼굴이 연꽃 같고 두 눈은 추수(秋水, 가을물처럼 맑음), 정색(正色, 얼굴에 엄정한 빛을 나타냄)은 돌올(突兀, 두드러지게 뛰어남)하였다.

우치가 서화담의 도학이 높음을 알고 찾아가니 화담이 맞아 말하였다.

"내 한번 찾고자 하더니 누사에 왕림하시니 만행이오."

우치가 일러 칭사하고 한담(閑談, 별로 중요치 않은 이야기)하는데, 문득 보니 한 선생이 들어와 말하였다.

"좌상에 존객이 누구이신가?"

"전공일세."

하고 우치더러 말하기를,

"이는 내 아우 용담(龍潭)이오."

우치가 용담을 보니 이목이 청수(淸秀, 맑고 빼어남)하고 골격이 비상하였다. 용담이 우치더러 말하기를,

"선생의 높은 술법을 들은 지 오래더니, 오늘날 만나보니 다행입니다. 청컨대 술법을 한번 구경코자 하노니 아끼지 마십시오."

하고 구구이 간청하였다.

우치가 한번 시험코자 하여 진언을 외우니 용담이 쓴 관이 변하여 소머리가 되었다. 용담이 노하여 또 진언을 외우니 우치가 쓴 관이 변하여 범의 머리가 되었다. 우치가 또 진언을 외우니 용담의 관이 변하여 백룡이 되어 공중에 올라 안개를 피웠다. 용담이 또 진언을 외우니 우치의 관이 변하여 청룡이 되어 구름을 헤치고 안개를 뿜었다. 쌍룡이 서로 싸워 청룡이 백룡을 이기지 못하고 동남으로 달아났다.

화담이 비로소 웃고,

"전공이 내 집에 오셨다가 이렇듯 하니 네가 어찌 무례치 않으리오."

하고, 책상에 얹힌 연적을 한 번 공중에 던지니, 연적이 변하여 일도금광(一道金光, 한 줄기 금빛)이 되어 하늘에 퍼지니 양룡이 문득 본래 관이 되어 땅에 떨어졌다. 양인이 각각 거두어 쓰고 우치가 화담을 향하여 사례하고 구름 타고 돌아왔다.

화담이 우치를 보내고 용담을 꾸짖었다.

"너는 청룡을 내고 저는 백룡을 내었다. 청(靑)은 목(木)이요, 백(白)은

금(金)이다. 오행(五行)에 금극목(金克木)인데, 목이 어찌 금을 이기리오. 또 내 집에 온 손인데, 부질없이 해코자 하는가?"

용담이 다만 칭사하나 속으로는 노하여 우치를 미워하는 뜻이 있었다.

우치가 집에 돌아온 지 삼 일 만에 또 화담을 찾아가니 화담이 말하였다.

"그대에게 청할 말이 있는데 좋겠소?"

우치가,

"듣기를 원합니다."

하자, 화담은 말하였다.

"남해(南海) 중에 큰 산이 있으니 이름은 화산(華山)이요, 그 산중에 도인이 있으되 도호(道號)는 운수선생(雲水先生)이오. 내 젊어서 글을 배웠는데, 그 선생이 여러 번 서신으로 물었으나 회서(回書, 답장)를 못 하였소. 전공을 마침 만났으니 그대 한번 다녀옴이 어떠하오?"

우치가 허락하였다. 화담이 말하였다.

"화산은 해중(海中)에 있는 산이라, 쉬이 다녀오지 못할까 하오."

우치가 말하였다.

"소생이 비록 재주 없사오나 순식간에 다녀오겠습니다."

화담이 믿지 아니하였다. 우치가 미신(未信, 믿기지 않음)에 업신여기는가 하여 노하여,

"생이 만일 못 다녀오면 이곳에서 죽고 살아나지 않으리라."

화담이 말하였다.

"그런즉 가겠지만 행여 실수할까 하오."

하며 즉시 글을 닦아(글을 지어 다듬어) 주었다. 우치가 즉시 받아 가지고 해동청 보라매가 되어 공중에 올라 화산으로 가는데, 해중(海中, 바다 한가운데)에 이르러는 난데없는 그물이 앞을 가리었다. 우치가 높이 떠 넘고자 하니 그물이 따라 높이 막았다. 또 넘으려 하되 그물이 하늘에 닿았고, 아래로 해중을 연하여 좌우로 하늘을 펴 있으니 갈 길이 없었다. 십여 일 애쓰다가 할 수 없이 돌아와 화담을 보고 웃으며,

"화산을 거의 다 가서 그물이 하늘에 연하여 갈 길이 없삽기로 모기 되어 그물 틈으로 나가려 한즉 거미줄이 첩첩하여(매우 어지럽게 얽혀 있어) 나가지 못하고 왔습니다."

하자 화담이 웃으며 말하기를,

"그리 큰 말을 하고 가더니 다녀오지 못하였으니 이제는 산문(山門)을 나가지 못할 거요."

우치가 겁이 나서 얼떨떨하여 달아나고자 하더니, 화담이 벌써 알고 속이려 하였다. 우치가 착급(着急, 몹시 급함)하여 해동청이 되어 달아나니, 화담이 수리 되어 따를 때 우치가 또 변하여 갈범이 되어 내닫더니 화담이 변하여 청사자(靑獅子)가 되어 물어 엎어뜨리고 말하였다.

"네 여러 가지 술법을 가지고 반드시 옳은 일을 위하여 행하니 기특하나 사특함(간사하고 악함)은 마침내 정대함(바르고 떳떳함)이 아니요, 재주는 반드시 웃길(윗길, 질적으로 훨씬 나은 수준)이 있다. 오래 일로써(이렇게 하면서) 세상에 다니면 필경 불측한(헤아릴 수 없는) 화를 입을 것이다. 이러한 광명한 세상에 돌아와 정대한 도리를 강구함이 옳지 아니한가. 내 이제 태백산(太白山)에 천정신리(天定神理, 하늘이 정한 신의 이치)를 밝히려 하니

그대 또한 나를 따름이 좋을까 하오."

우치가 말하였다.

"가르치시는 대로 하겠습니다."

각각 집에 돌아와 약간 가사(家事, 집안의 사사로운 일)를 분별한 후 우치가 화담을 모시고 태백산 배달(태백산은 단군 신화에서 환웅이 하늘로부터 내려온 곳이고, 배달은 환웅이 세운 나라 이름) 밑에 청사(淸舍)를 얽고 임검(壬儉, 단군의 칭호인 '왕검'과 같은 말)으로부터 오는 큰 이치를 강구하여 보배로운 글을 지어 석실(石室, 돌방)에 감추니, 그 후일 세상 사람이 알지 못하였다. 그러나 일찍이 강원도 사는 양봉래라 하는 사람이 단군 성적(聖跡, 성스러운 사적이나 고적)을 뵈오려 하여 태백산에 들어갔다가 화담과 우치 두 분을 보고 돌아올 때 두 분이 이르되,

"우리는 이리이리하여 이곳에 들어와 있지만 그대를 보니 언행이 유심한산(有心閑散, 속뜻이 깊고 한가롭다)한 줄 알겠다. 내 전할 것이 있노니 삼가 받들라."

하고 비서(秘書, 비법을 적은 책) 몇 권을 주었다. 봉래가 받아 가지고 나와 정성으로 공부하여 그 오묘한 뜻을 통하고, 가만한 가운데 도통을 전하니, 한두 가지 드러나는 일이 있으나 세상에서는 다만 신선의 도로 알았다. 봉래 또한 밝은 빛이 드러날 때를 기다릴 뿐이요, 화담과 우치 두 분이 태백산중에서 도 닦으시는 일만 세상에 전하였다.

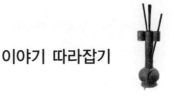

이야기 따라잡기

　전우치는 송경 숭인문 안에 살고 있는 선비다. 그는 일찍이 재주를 배웠으나 소리 없이 감추고 다닌다. 그러던 중 나라가 여러 해 바다 도적들에게 노략을 당한 데다가 흉년까지 들어 백성들의 질고가 커졌는데, 조정에서는 권세를 다투기에만 눈이 멀어 나라를 돌보지 않는다. 이에 전우치가 자신의 도술을 이용하여 임금을 속이고, 빈민들을 구제한다.

　뒤늦게 속은 것을 안 임금은 전우치를 잡아들이라 명한다. 처음에는 도술로 자신을 잡으러 온 병사들을 물리치다가, 병에 들어가 자신을 데려가라 한다. 임금은 병 속에 들어 있는 전우치를 죽이기 위해 갖가지 방법을 동원하나 모두 실패하고, 전우치는 도술을 이용해서 사라진다. 임금은 관리들과 의논하고는 방을 붙여 전우치를 잡아들이려 한다.

　한편 전우치는 구름을 타고 곳곳을 돌아다니며 어진 일을 행한다. 억울하게 살인 누명을 쓴 사람도 구하고, 돼지머리를 빼앗는 관리를 놀래켜 혼내 주기도 한다. 교만한 운생과 설생을 혼쭐내고, 효성이 지극한 고직이나 형편이 어려운 한자경을 도와주는 일도 한다.

　그러다 자신을 찾는 방을 본 전우치는 임금 앞에 스스로 모습을 드러낸다. 임금이 우치의 재주를 인정해 죄를 사하고 선전관이라는 벼슬을 내리자 맡은 일을 열심히 하면서 못된 벼슬아치들을 골려 준다.

이때 재물을 노략하고 인민을 살해하는 도적 떼가 나타난다. 상이 크게 근심하자 전우치가 직접 나서 꾀를 내고 도술을 부려 도적 떼의 우두머리 엄준을 꾸짖고 개과천선시킨다. 이 일로 왕이 크게 기뻐하자, 이를 시기하는 관리들이 서호 지방의 역도들을 매수하여 거짓 증언으로 전우치를 곤경에 빠뜨린다. 전우치는 도술을 써서 도망쳐 나와, 자신을 해치려 한 왕연희에게 복수한다.

다시 길을 가던 중 족자를 자랑하는 젊은이들을 만난다. 전우치는 자신이 가지고 있는 족자 속의 미인을 불러내어 술과 안주를 대접한다. 그 술의 맛이 기가 막혀 젊은이 중 오생이라는 사람이 족자를 사고자 하자 우치가 잠시 족자를 맡겨 둔다. 그러나 오생이 족자에서 나온 미인과 잠자리에 들려 하는 것을 본 오생의 아내 민씨가 화가 나 그 족자를 찢고, 그것을 알게 된 우치가 민씨를 이무기로 둔갑시켜 꾸짖는다.

하루는 상사병을 앓고 있는 양봉환의 소원을 들어주기 위해 과부 정씨를 속여서 데려오려고 하나, 강림 도령이 전우치보다 더 높은 도술로써 이를 저지한다. 전우치는 잘못을 시인한 후 강림 도령의 말에 따라 외로이 살고 있는 또 다른 정씨 여인을 양봉환에게 소개시켜 준다.

이후 전우치는 서화담의 도술이 높다는 소리를 듣고 그를 찾아간다. 서화담의 도술에 걸려 곤욕을 치른 후에 전우치는 화담의 제자가 된다. 그리고 그를 따라 태백산으로 들어가 도를 닦는다.

쉽게 읽고 이해하기

민중의 염원을 담은 영웅의 탄생

「전우치전」은 전우치라는 도술에 뛰어난 인물이 그 능력을 숨기고 살다가 흉년이 들자 도술을 이용해 백성들을 구제하고 부정부패한 관리와 백성을 돌보지 않는 왕을 혼낸다는 내용의 영웅소설이자 도술소설이다. 여러 해 동안 해적들에 의해 노략을 당한 데다가 흉년까지 들어 백성들은 점점 더 먹고살기가 어려워지고 있는데 조정에서는 권력을 놓고 다투기만 하여 나라를 돌보지 않는다. 이에 분노한 전우치는 선관으로 변신하여 대궐에 나타나서 신하와 왕을 속여 황금 들보를 받아다가, 이를 팔아 굶주린 백성들에게 나누어 준다.

사람들은 현실에서는 불가능한 일을 이야기를 통해 실현함으로 대리 만족을 느낀다. 강력한 힘을 가진 인물이 나타나 빈민을 구제하고 부패한 관리를 꾸짖는 영웅소설은 당시의 부조리한 현실을 타파하고자 하는 민중의 염원을 드러냄으로써 실제로는 불가능한 사회 개혁을 꿈꾸는 것이다. 전우치는 억울하게 살인 누명을 쓴 백발 노옹의 자식을 구해 주기도 하고, 돼지머리를 빼앗는 관리를 혼내 주기도 한다. 또한 효성이 지극한 사람을 구해 주기도 하고 형편이 어려운 사람을 도와주기도 한다. 이러한 전우치의 행적을 통해 소설은 사회적 모순 속에서 점점 생활이 어려워져만 가는 민중의 어려움을 토로하고 부패한 관리들의 실상을 고발함으로써 현실에서 벗어나고자 하는 마음을 표현한다.

「전우치전」 vs 「홍길동전」

「전우치전」과 「홍길동전」의 공통점은 둘 다 실존 인물을 바탕으로 한 소설로 실제 역사 속에 등장했던 인물들을 영웅화하여 부조리한 현실과 조정에 대한 불만을 가진 민중들의 심리를 드러내고 있다는 것이다. 「전우치전」은 『어우야담』 『지봉유설』 등 여러 문헌에 나타난, 도술에 뛰어난 전우치라는 인물에 대한 기록을 바탕으로 영웅적 인물인 전우치가 부패한 관리들을 처벌하고 가난하고 피폐한 백성들을 도와준다는 내용을 담고 있다. 「홍길동전」 역시 『조선왕조실록』에 등장하는 도적 홍길동에 대한 실제 기록을 바탕으로 적서차별로 인해 뛰어난 인재임에도 불구하고 입신양명할 수 없는 주인공을 내세워 사회적 모순을 고발하고 백성을 위해 의적 활동을 하는 것으로 영웅화하고 있다(이러한 공통점으로 인해 「전우치전」 역시 「홍길동전」을 쓴 허균의 작품이라는 설도 있다).

그러나 도술에 뛰어난 영웅적 인물이 부조리한 현실과 부패한 관리들을 처벌한다는 내용은 동일하지만 전우치는 지극히 개인적인 차원에서 행동하는 인물임에 반해, 홍길동은 개인적인 차원에서 더 나아가 사회적 차원, 그리고 국가적 차원으로 확대된 영웅적 인물로 극대화된다. 즉 전우치는 계획 없이 그때그때의 상황이나 개인적인 친분 등으로 인해 도술을 행하고 타인을 돕지만, 홍길동은 치밀한 계획을 가지고 이상향인 율도국을 건설하며, 전국의 도적들을 모아 나라를 일으키는 데까지 나아간다. 따라서 결말 역시 전우치는 어리석은 행동(열녀를 훼절시키려함)으로 인해 강림 도령에게 야단을 맞고 서화담과 함께 태백산에 들어가 도를 닦는 개인적인 발전에 머물지만, 홍길동은 왕이 되어 이상적인 정치를 펼치는 것이다.

도교적 인생관과 다양한 에피소드

「전우치전」은 유교적 사상보다는 도교적 사상이 더 짙은 작품이다. 유교적인 사상을 배우고, 과거에 나아가 입신양명을 하는 것이 아니라, 도술을 통해 사회를 바꾸려 한다. 정절을 중요시하는 유교적인 사상을 지키는 여인을 친구를 위해 훼절시키려 한다. 또 전우치의 잘못을 꾸짖는 사람도 유교적 인물이 아닌 도교적 인물인 강림 도령이고 함께 산으로 들어가는 사람도 성리학뿐만 아니라 도가사상에도 관심을 보였던 서화담이다. 또 서화담과 함께 학업에 힘쓰는 것이 아니라 태백산(단군을 모시는 천제단이 있음)에서 도를 닦아 신선의 도를 깨닫는다.

이러한 특성은 구성에서도 드러난다. 도교적인 인생관은 유교적인 인생관에 비해 더 자유롭고 다양한 이야기를 구성할 수 있다. 「전우치전」은 유교적인 인생관, 태어나서 부모에게 효를 다하고 학업에 힘써 과거에 나아가는 등의 일대기적 구성이 아니라 단편적인 에피소드로 구성되어 있다. 다른 고전소설들과 달리 하나의 이야기를 중심으로 한 기승전결의 구성이 아니라 여러 가지 다양한 이야기가 각각의 독립적 삽화를 이루고 있는 것이다. 따라서 언제든 이야기를 들려주거나 쓰는 사람에 따라 이야기가 더 보태어지거나 빠질 수 있는 구성 방식이다.

「옹고집전」은 고집 세고 인색하며

불효 막심하고 불교를 배척하는

자린고비에 대한 풍자를

기상천외한 도술적 구성으로 표현한

풍자소설이다.

옹고집전(雍固執傳)

애고 애고, 저놈 보게! 내 행세하며 천연덕스럽게 들어앉아
좋은 말로 저렇듯 늘어놓네!
이놈 죽일 놈아, 네가 옹가냐 내가 옹가지!

등장인물

옹고집　심술이 사납고 인색하여 돈이 썩어도 남을 위해서는 한 푼도 쓰지 않는 천
하에 둘도 없는 인색한 인물. 걸인이나 중이 와서 구걸을 하면 동냥을 주기
는커녕 욕설을 하고 심지어는 후려갈겨서 내쫓기가 일쑤이다. 그뿐만 아니
라 노모가 병이 들어 누워 있어도 방에 불도 때지 않고 약 한 첩 안 쓰는 불
효자이다.

도사　월출봉 취암사의 도통한 도사. 옹고집을 구원하는 동시에 문제 해결 과정을
주도하는 인물. 또한 주인공의 뒤에서 사건의 진행을 조종하는 이른바 배후
인물로서의 역할을 수행하고 있다.

학대사　도사로부터 옹고집을 혼내 주라는 명을 받는다. 옹고집을 찾아갔다가 오히
려 봉변을 당하고 곤장 삼십 대를 맞고 돌아와서는, 짚으로 가짜 옹고집을
만들어 옹가의 집으로 보낸다.

가짜 옹가　학대사가 옹고집을 혼내 주기 위하여 짚으로 만든 가짜 옹고집이다.

옹고집전

옹고집은 고집 세고 심술궂기로 유명하다

옹당 우물과 옹당 연못이 있는 옹진골 옹당촌에 한 사람이 살았으니, 성은 옹(雍)가요, 이름은 고집(固執)이었다.

성미가 매우 고약하여 풍년이 드는 것을 싫어하고, 심술 또한 맹랑하여 모든 일을 고집으로 버티었다.

살림 형편을 볼라치면, 석숭(石崇, 중국 진나라 때의 부호)의 재물이나 도주공(陶朱公, 중국 춘추 시대의 인물인 범려[范蠡]. 월왕 구천을 섬겨 오나라를 치고, 후에 제나라로 가서 부자가 되었다고 함)의 드날린 이름이나 위세를 부러워하지 않을 만하였다.

앞뜰에는 노적(露積, 농촌의 집 마당이나 넓은 터에 쌓아 두는 곡식단)이 쌓여 있고 뒤뜰에는 담장이 높직하다. 울 밑에 벌통 놓고, 오동나무 심어 정자를 삼고, 소나무와 잣나무를 심어 담으로 삼고, 사랑 앞에는 연못 파 놓았다. 또한 연못 가운데에 석가산(石假山, 정원에 돌을 쌓아서 만든 인공 산)

을 만들어 놓았으며, 그 위에 아담한 초당을 하나 지었는데, 네 귀퉁이에 달린 풍경이 바람 따라 쟁그랑 맑은 소리를 내며, 연못 속의 금붕어는 물결 따라 뛰놀았다. 동쪽 뜰에 핀 모란꽃은 봉오리가 반만 피어 너울너울, 왜철쭉과 진달래는 활짝 피었더니 춘삼월 모진 바람 되게 맞아 모두 떨어졌다. 그런데 서쪽 뜰 앵두꽃은 담장 안에 곱게 피어 너울너울, 영산홍과 자산홍은 물에 비치어 방금 웃고 있고, 매화꽃도 복사꽃도 철 따라 만발하니 그 경치가 찬란하였다.

팔작(八作)집(지붕 네 귀에 모두 추녀를 달아 지은 집) 기와 지붕에 마루는 어간대청(御間大廳, 방과 방 사이에 있는 큰 마루) 삼층 난간이 둘러져 있다. 방 안을 들여다보니 미닫이에 팔첩 병풍이요, 한쪽으로 놋요강, 놋대야를 밀쳐놓았다.

며늘아기는 명주 짜고 딸아기는 수를 놓으며, 곰배팔이(팔이 꼬부라져 붙어 펴지 못하거나 팔뚝이 없는 사람) 머슴 놈은 삿자리(갈대를 엮어서 만든 자리) 엮고 앉은뱅이 머슴 놈은 방아 찧기에 바쁘다. 팔순이 된 늙은 어미는 병들어 누워 있는데 불효 막심 옹고집은 닭 한 마리, 약 한 첩도 봉양을 아니하고, 아침밥과 저녁죽만 겨우 바쳐 남의 입만 틀어막고 있었다. 불기 없는 냉돌방에 홀로 누운 늙은 어미가 서럽게 울며 탄식하였다.

"너를 낳아 길러낼 때 애지중지(愛之重之) 보살피며, 보배같이 귀히 여겨 어르면서 '은자동아, 금자동아, 고이 자란 백옥동아, 천지 만물 일월동(日月童)아, 아국사랑 간간동아, 하늘같이 어질거라, 땅같이 넓거라! 금을 준들 너를 사며 은을 준들 너를 사랴? 천생 인간 중에 무엇보다 귀한 보배는 너 하나뿐인가 하노라.' 이같이 사랑하며 너 하나를 키웠는데,

천지간에 이러한 어미 공을 네 어찌 모르느냐? 옛날에 효자 왕상(王祥)은 얼음 속의 잉어를 낚아다가 병든 어머니 봉양하였는데(왕상은 중국 서진 때의 효자로, 계모가 한겨울에 물고기를 원하자 곧 강으로 가서 옷을 벗고 얼음 위에 누워 얼음을 녹여 고기를 잡으려고 하니 두 마리의 잉어가 뛰어 나왔다고 함), 그렇지는 못할망정 불효는 면하여라!"

마음보가 음흉한 고집이 놈, 어미 말에 대꾸하였다.

"진시황(秦始皇) 같은 이도 만리장성 쌓아 놓고, 아방궁(阿房宮, 중국의 진시황이 지은 궁전)을 이룩하여 삼천 궁녀 두루 돌아 찾아들며 천년만년 살고 지고 하였으나, 그도 또한 이산에 한 무덤 속에 죽어 있고, 백전백승 초패왕도 오강(烏江)에서 자결하였고, 안연(顔淵, 공자의 수제자) 같은 현명한 학자도 불과 삼십 세에 요절(夭折)하였는데 오래 살아 무엇하리? 옛글에 '인간 칠십 고래희'(인생칠십고래희[人生七十古來稀] : 두보의 시 「곡강[曲江]」의 한 구절. 여기서 유래하여 70세를 고희라고 부르게 되었음)라 하였으니, 팔십이 된 우리 어머니 오래 산들 쓸데없네. '오래 살면 욕심이 많아진다' 하니, 우리 어머니 그 뉘라서 단명(短命)하랴? 도척(盜跖, 중국 춘추 시대에 유명했던 도둑)같이 몹쓸 놈도 오랫동안 유명한데, 어찌 나를 탓하시오?"

이놈의 심사 이러한 가운데에, 또한 불교를 업신여겨 무죄한 중을 보면, 결박하고 귀 뚫기와 어깨 타고 뜸질하기가 일쑤였다. 이놈의 심보가 이러하니, 옹가 집 근처에는 동냥중이 얼씬도 못 하였다.

학대사가 옹고집에게 매 맞고 쫓겨나다

이 무렵, 저 멀리 월출봉 취암사에 도사 한 분이 있었으니, 그의 높은 술법(術法)은 귀신도 감탄할 경지에 이르러 있었다. 하루는 도사가 학대사를 불렀다.

"내 듣건대, 옹당촌에 옹 좌수(座首, 조선 시대에, 지방의 자치 기구인 향청[鄕廳]의 우두머리)라 하는 놈이 불도를 업신여겨 중을 보면 원수같이 군다 하니, 네 그놈을 찾아가서 꾸짖고 돌아오라."

분부를 받고 학대사가 나섰다. 그 거동을 보라. 헌 굴갓(모자 위를 둥글게 대로 만든 갓. 벼슬을 가진 중이 썼음) 눌러쓰고 마의 장삼 걸쳐 입고, 백팔염주 목에 걸고 대지팡이를 거머잡고 허위적허위적 내려오니, 꽃은 활짝 피어 있고 산새는 슬피 울며 가는 길을 재촉하였다.

노을진 석양 무렵에 옹가 집에 다다르니, 어간대청(방과 방 사이에 있는 큰 마루) 너른 집에 네 귀에 풍경 달고, 안팎 중문 솟을대문이 좌우로 활짝 열어 젖혔기에, 목탁을 딱딱 치며 권선문(勸善文, 불교를 믿지 않는 집안에게 시주하기를 권하는 글)을 펼쳐 놓고 염불로 머리 숙여 절하였다.

"천수천안관자재보살(千手千眼觀自在菩薩, 관세음보살 가운데 한 보살), 주상 전하 만만세, 왕비 전하 수만세(數萬歲), 시주 많이 하옵시면 극락 세계로 가오리다. 아미타불 관세음보살……."

중문에 기대어서 이 광경을 보던 할미 종이 넌지시 말하였다.

"어르신, 어르신, 소문도 못 들었소? 우리 댁 좌수님이 춘곤(春困, 봄철에 느끼는 노곤한 기운)을 못 이기고 초당에서 낮잠을 달게 주무시고 계신데, 만일 잠을 깬다면 동냥은 고사하고 귀 뚫리고 갈 것이니 어서 바삐 돌아가소."

학대사가 대답하였다.

"대궐같이 큰 집에서 중을 대접하는 것이 어찌 이러할까? '악을 쌓는 집에는 반드시 나쁜 일이 많을 것이요, 선을 쌓는 집에는 반드시 경사가 많을 것이라'고 하는데, 소승은 영암 월출봉 취암사에 사옵는데, 법당이 워낙 오래되고 낡아 천 리 길 멀다 않고 귀댁에 왔사오니 황금으로 일천 냥만 시주를 하옵소서."

합장 배례(合掌拜禮, 불교에서, 두 손바닥을 마주 대고 절하는 일)하고 다시 목탁을 두드리니, 옹 좌수가 벌떡 일어나 밀창문('미닫이'의 사투리)을 드르르 밀치면서,

"어찌 그리 요란하냐?"

종놈이 조심조심 말하였다.

"문밖에 중이 와서 동냥 달라 하나이다."

옹 좌수가 발칵 화를 내어 성난 눈을 부라리며, 소리 질러 꾸짖었다.

"괘씸하다, 이 중놈아! 시주하면 어쩐다냐?"

학대사는 이 말 듣고 지팡이를 눈 위로 높이 들어 합장 배례로 대답하였다.

"황금으로 일천 냥만 시주하옵시면, 소승이 절에 가서 수륙재(水陸齋, 불교의 한 의식으로 물과 육지에 떠도는 귀신을 위해 재를 올리고 경을 읽는 행사)를 올릴 적에, 아무 면 아무 촌 아무개라 외우면서 축원을 드리오면 소원대로 되나이다."

옹 좌수가 쏘아붙였다.

"허허, 네놈 말이 가소롭다! 하늘이 만백성을 마련할 때, 부귀빈천(富貴貧賤), 자손 유무(子孫有無), 복불복(福不福)을 분별하여 내셨는데, 네 말대로 한다면 가난할 사람이 어디 있으며, 자식 없는 이 또한 어디 있겠느냐? 속세에서 일러 오는 사람 중에 가장 못난 것이 중이라! 네놈 마음이 고약하여 부모 은혜 배반하고, 머리 깎고 중이 되어 부처님의 제자인 양, 아미타불 거짓 공부하는 듯이 어른 보면 동냥 달라, 아이 보면 가자 하니, 불충불효(不忠不孝) 너의 행실 내 이미 알았으니, 동냥 주어 무엇하리?"

학대사는 다시금 합장 배례하며 공손히 말하였다.

"청룡사에 축원 올려 옛날 영웅 소대성(蘇大成, 우리나라의 고소설 「소대성전」의 주인공)을 낳아 나라에 충성하며 은혜를 갚았고, 천수경(千手經, 천수관음의 유래와 기원 및 공덕 등을 담고 있는 불경) 공부 고집하여 주상전하 만수무강(萬壽舞疆, 장수하기를 비는 말로 한없이 목숨이 길다는 뜻)하기를 아침 저녁으로 빌었습니다. 이 어찌 갈충보국(竭忠報國, 충성을 다하여 나라의 은혜에 보답함)이 아니오며, 부모 은혜를 갚는 것이 아니겠습니까? 그런 말씀 아예 마십시오."

옹 좌수가 말하였다.

"네 무엇을 배웠기로 그렇듯 말하느냐? 지식이 있다면 내 관상(觀相)이나 보아 다오."

그러자 학대사가 이렇게 일렀다.

"좌수님의 상을 살피니, 눈썹이 길고 미간이 넓으시니 명성과 위세는

드날리지만, 누당(淚堂, 눈 밑 반달 모양으로 생긴 부분)이 곤(困)하시니(피곤해 보이시니) 자손이 부족하고, 얼굴이 좁으시니 남의 말을 아니 듣고, 손발이 작으시니 오사(誤死, 형벌이나 사고, 재난 등으로 죽음)도 할 듯하고, 말년에 감기나 심한 열병에 걸려 고생하다 죽겠습니다."

이 말을 듣고 성난 옹 좌수가 종놈들을 소리쳐 불렀다.

"돌쇠, 뭉치, 강쇠야! 저 중놈을 잡아 내라!"

종놈들이 일시에 달려들어 굴갓을 벗겨 던지고 두 귀 덥벅 잡아 학대사를 휘휘 휘둘러 돌 위에 내동댕이치니 옹 좌수가 호령하였다.

"미련한 중놈아! 들어 보라. 너 같은 완승(頑僧, 완고하고 고집스러운 승려) 한 놈이 거짓 불도를 핑계 삼아 남의 돈과 곡식을 턱없이 달라 하니, 너 같은 놈 그냥 두지 못하겠다!"

종놈 시켜 중을 눌러 잡고, 꼬챙이로 귀를 뚫고 곤장을 삼십 대나 호되게 내리쳐서 내쫓았다.

그러나 학대사는 술법이 높으므로, 까딱없이 돌아서서 사문(沙門, 불교에서 출가[出家]하여 도를 닦는 사람을 이르는 말. 중. 여기서는 절을 가리킴)으로 돌아왔다. 그를 보고 여러 중이 달려나와 맞이하며 어떻게 되었는지를 캐물었다. 그러자 학대사가 태연자약(泰然自若, 마음에 무슨 충동을 받을 만한 일이 있어도 태연하고 천연스러움)하게

"이러저러하였다."

라며 옹고집네 집에서 봉변당한 이야기를 하였다.

중 하나가 썩 나서며,

"스승의 높은 술법으로 염라대왕께 전갈하여 강림 도령(降臨道令, 염라

대왕의 전령. 이승에서 죄를 짓거나 수명이 다 된 사람을 저승으로 데려가는 일을 했음)
을 보내어 옹고집을 잡아다가 지옥 속에 엄히 넣고, 세상에 영영 나지
못하게 하옵소서."

학대사가,

"그는 안 된다."

하고 대답하자 다른 중이 나서면서,

"그러하오면 해동청 보라매 되어 푸른 하늘의 구름 사이에 높이 떠서
서산에 머물다가 날쌔게 달려들어, 옹가 놈 대갈통을 두 발로 덥석 쥐고
두 눈알을 꼭지 떨어진 수박 파듯 하사이다."

학대사는 움칠하며 대답하기를,

"아서라, 아서라! 그도 못 하겠다."

또 한 중이 썩 나서며,

"그러하오면 만첩청산(萬疊靑山, 사방이 겹겹이 에워싸인 푸른 산) 맹호 되어
깊은 밤에 담장을 넘어들어 옹가 놈을 물어다가, 사람 없는 험한 산 외
진 골에서 뼈까지 먹사이다."

학대사는 여전히 태연하게,

"그도 또한 못 하겠다."

고 하니, 다시 한 중이 여쭈었다.

"그러면 신미산 여우 되어 분단장 곱게 하고 비단옷 맵시 내어, 호색
하는 옹고집 품에 누워 단순호치(丹脣皓齒, '붉은 입술과 흰 이'라는 뜻으로 아름
다운 여자를 뜻함) 빵긋 벌려 좋은 말로 옹고집을 속일 적에 '첩은 본디 월
궁 선녀이옵는데, 옥황상제께 죄를 얻어 인간계로 내치셔서 어디로 갈

지를 몰라 했는데, 산신님이 불러들여 좌수님과 연분이 있다 하여 지시하옵기로 이에 찾아왔나이다.' 하며 온갖 교태 내보이면, 호색을 좋아하는 놈이라 반드시 거기에 빠져서, 등 치며 배 만지며 온갖 실컷 즐기며 놀다가 촉풍(觸風, 찬바람을 쐼) 심한 열병에 들어서 죽게 하옵소서."

학대사 벌떡 일어나며 말하였다.

"아서라, 그도 못 하겠다."

술법 높은 학대사는 괴이한 꾀가 났다. 동자 시켜 짚 한 단을 끌어내어 허수아비 만들어 놓고 보니, 영락없는 옹고집의 모습이었다. 부적을 써 붙이니 이놈의 화상, 말대가리 주걱턱에 어디로 보나 영락없는 옹가였다.

가짜 옹가가 나타나 한바탕 소동이 일어나다

허수아비가 거드럭거드럭 옹가 집을 찾아가서 사랑문을 드르륵 열며 명령을 내렸다.

"늙은 종 돌쇠야, 젊은 종 몽치, 강쇠야, 어찌 그리 게으르고 방자하냐? 말에게 콩 주고 여물 썰어라! 춘단이는 바삐 나와 방 쓸어라."
하며 태연히 앉았으니, 이리 보나 저리 보나 분명한 옹 좌수였다.

이때 진짜 옹가가 들어서며 하는 말이,

"어떠한 손이 왔기로 이렇듯 사랑채가 소란하냐?"

가짜 옹가가 이 말 듣고 나앉으며,

"그대 어쩐 사람이기로 예 없이 남의 집에 들어와 주인인 체하는가?"

진짜 옹가 버럭 성을 내며 호령하였다.

"네가 나의 형편이 풍족함을 듣고 재물을 빼앗으려고 집 안으로 당돌하게 들었으니 내 어찌 그냥 두랴! 강쇠야, 이놈을 잡아내라."

노복들이 얼이 빠져 이도 보고 저도 보고, 이리 보고 저리 보나 이 옹 저 옹이 같았다. 두 옹이 아웅다웅 맞다투니 그 옹이 그 옹이요, 백운심처(白雲深處, 흰구름에 싸여 눈에 띄지 않을 만큼 깊숙한 곳) 깊은 곳에 처사 찾기는 쉬울망정, 대낮에 대청 위 방 안에서 좌수를 찾기는 어려웠다. 모두들 입 다물고 말이 없더니, 안채로 들어가서 마님께 아뢰었다.

"일이 났소, 일이 났소! 아씨님 일이 났소! 우리 댁 좌수님이 둘이 되었으니 이런 일은 처음 봅니다. 집안에 이런 변이 세상에 또 있을까요?"

마님이 이 말 듣고 대경실색(大驚失色, 몹시 놀라 얼굴빛이 하얗게 변함)하여,

"애고 애고, 이게 웬 말이냐? 좌수님이 중만 보면 당장에 묶어 놓고 악한 형벌 마구 하여 불도를 업신여기며, 팔십이 된 늙은 어미 박대한 죄 어찌 없을까 보냐? 땅 신령이 발동하고 부처님이 도술 부려 하늘이 내리신 죄, 인력으로 어찌하리?"

하며, 춘단 어미를 불러들여 명하였다.

"바삐 나가 네가 진위(眞僞)를 가려 보라."

춘단 어미가 사랑채로 바삐 나가, 문 틈을 열고 기웃기웃 엿보는데,

"네가 옹가냐? 내가 옹가다!"

하고 서로 고집하여 호령호령하니 말투와 몸놀림이 똑같았다. 더욱이 이목구비도 두 좌수가 흡사하니, 춘단 어미가 기가 막혔다.

"누가 까마귀 암수를 알아보리요?' 하더니, 뉘라서 어찌 두 좌수의 진

위를 가리리요?"

춘단 어미가 허겁지겁 안으로 들어서며,

"마님 마님! 두 좌수님 모두가 비슷하여, 저는 전혀 알아볼 수 없사옵니다."

마나님이 생각난 듯이 말하였다.

"우리 집 좌수님은 새로 좌수가 되어 도포를 성급히 다루다가 불똥이 떨어져서 안자락이 탔으므로, 구멍이 나 있으니, 그것을 찾아보면 진위를 가릴 것이다. 다시 나가 알아 오라."

춘단 어미가 다시 나와 사랑문을 열어 젖히면서,

"알아볼 일 있사오니 도포를 보사이다. 안자락에 불똥 구멍 있나이다."

진짜 옹가가 나앉으며 도포 자락 펼쳐 보이니 구멍이 또렷하였다. 이 댁 좌수가 분명하다. 가짜 옹가도 뒤따라 나앉으며,

"예라 이년! 요망하다, 가소롭다! 남산 위에 봉화 들 때 종각 인경 뗑뗑 치고, 사대문을 활짝 열 때 순라군(巡邏軍, 조선 시대에 도둑이나 화재 따위를 경계하기 위해 밤에 사람의 통행을 금하고 순찰을 돌던 군졸)이 제격이라, 그만 표는 나도 있다."

가짜 옹가가 앞자락을 펼쳐 뵈니 그도 또한 뚜렷하였다. 알 길이 전혀 없으므로, 답답한 춘단 어미가 안으로 들어서며 마님에게 알렸다.

"애고, 이게 웬 변일꼬? 불구멍이 두 좌수께 다 있으니 저는 전혀 알 수 없소이다. 마님께서 몸소 나가 보옵소서."

마나님은 이 말 듣고 낯빛이 흐려지며 탄식하였다.

"우리 둘이 만났을 제 '여필종부(女必從夫, '아내는 반드시 남편의 뜻에 좇아야

한다'는 말) 본을 받아 서산에 지는 해를 긴 노(끈)로 잡아 매고 길이 영화 누리면서 살아서 이별 말고 죽어도 한날 죽자.' 이렇듯이 천지에 맹세하고 일월도 보았는데, 뜻밖에 변이 나니 꿈인가 생시인가? 이 일이 웬일일꼬? 도덕 높은 공자도 양호(陽號, 중국 춘추시대 노나라의 정치가)의 화(禍)를 입었다가(양호를 잡으려던 무리들이 그와 똑같이 생긴 공자를 보고 잡아가려고 하였다 함) 도로 놓여 성인 되셨으니, 옛날부터 성인들도 한때는 뜻밖의 불행한 일을 당하기도 한다더니, 이런 괴변 또 있을꼬? 내 행실을 소나무와 잣나무같이 굳은 절개로 해 왔는데, 두 낭군을 어찌 새삼 섬기리요?'

이렇듯 탄식할 때 며늘아기가 여쭈었다.

"집안에 변이 생겨 체면이 안 서니 이 몸이 밝히오리다."

사랑방 문 퍼뜩 열고 들어가니, 가짜 옹가 나앉으며 말하였다.

"아가 아가, 거기 앉아 자세히 들어 보라. 창원 땅 마산포서 너의 신행(新行, 혼인 때 신랑이 신부 집으로 가거나 신부가 신랑집으로 가는 일) 하여 올 때, 십여 필마 바리로 온갖 물건 실어 두고 내가 뒤에 따라갈 때, 상사마(발정[發情]하여 일시적으로 매우 사나워진 수말) 한 놈이 암말 보고 날뛰다가 뒤뚱거려 실은 것을 파삭파삭 결단내어, 놋동이는 한복판이 뚫어져서 못 쓰게 되었기에 벽장에 넣어 두었지. 이도 또한 헛말이냐? 너의 시아비는 바로 나다!"

기가 막힌 진짜 옹가도 앞으로 나앉더니,

"애고, 저놈 보게. 내가 할 말 제가 하니, 애고 애고, 이 일을 어찌하리? 새아기야, 내 얼굴을 자세히 보라! 네 시아비는 내 아니냐?"

며느리가 공손히 여쭈었다.

"우리 아버님은 머리 위로 금이 있고, 금 가운데 흰머리가 있사오니 이 표를 보이십시오."

진짜 옹가가 얼른 나앉으며 머리 풀고 표를 보이니, 머리통이 차돌 같아 송곳으로 찔러 본들 물 한 점 피 한 방울 아니 나겠다. 가짜 옹가도 나앉으며 요술을 부려 그 흰 털 뽑아 내어 제 머리에 붙인 것이었다. 진짜 옹가의 표적은 없어지고 가짜 옹가의 표적이 분명하였다.

"며느리야! 내 머리를 자세히 보라."

하니, 며늘아기가 살펴보고,

"틀림없는 우리 시아버님이오."

진짜 옹가는 답답한 노릇이라, 주먹으로 가슴 치고 머리를 두드리며,

"애고 애고, 가짜 옹가는 아비 삼고 진짜 옹가를 구박하니, 기막혀 나 죽겠네! 내 마음에 맺힌 설움 누구 보고 하소연하랴?"

종놈들이 남문 밖 사정(射亭, 양반들이 모여서 활을 쏘거나 놀던 활터의 정자)으로 걸음을 재촉하여 서방님을 찾아간다.

"가사이다, 가사이다. 서방님 어서 바삐 가사이다! 일이 났소, 변이 났소. 우리 댁 좌수님이 두 분이 되어 있소."

서방님이 이 말 듣고, 화살 전동(箭筒, 화살을 넣는 통) 걸어 멘 채 천방지축 집에 와서 사랑으로 들어가니, 가짜 옹가가 태연하게 나앉으며 탄식하였다.

"저 건너 최 서방에게 물건 팔아서 마련한 돈 열 냥 가져왔느냐? 나더러 주라 하였으니, 그 돈에서 한 냥만 술 사 오라 하여라. 분하고 분하다. 이놈이 우리 세간을 앗으려고 이리 한다."

진짜 옹가 나앉으며,

"애고 애고, 저놈 보게, 내가 할 말 제가 하네."

아들놈은 맥맥상관(脈脈相看, 서로 훔쳐봄) 살펴보나 이도 같고 저도 같아 알 길이 전혀 없어 어리둥절 서 있었다. 가짜 옹가가 나앉으며 진짜 옹가의 아들을 불러 재촉하였다.

"너의 어미에게 알아보게 좀 나오라 하여 다오! 이렇듯이 집안에 괴이한 일이 생겼을 때는 내외(內外, 지난날의 유교식 예절로 외간 남녀 간에 서로 얼굴을 마주 대하지 않고 피하는 일)할 것 전혀 없다!"

하니, 진짜 옹가 아들놈이 안으로 들어가서,

"어머니 어머니, 사랑방에 괴변 나서 아버지가 둘이오니, 어서 나가 자세히 살펴보소서."

내외함도 불구하고 마나님이 사랑에 썩 나서니, 가짜 옹가가 진짜 옹가의 아내 보고 앞질러 말하였다.

"여보 임자! 내 말을 자세히 들어 봐요. 우리 둘이 첫날밤 신방으로 들었을 때, 내가 먼저 동침하자 하였더니 언짢은 기색으로 임자가 돌아앉았지. 내가 다시 타이르며 좋은 말로 임자를 호릴 적에 '이같이 좋은 밤은 백 년에 한 번 있을 뿐이니 어찌 서로 헛되이 보내리오?' 하자 그제서야 임자가 순응하여 서로 동침했지 않소. 그런 일을 더듬어 생각해 보며 진위를 밝혀 보시오."

진짜 옹가의 아내가 곰곰이 생각하니, 과연 그 말이 맞았으므로, 가짜 옹가를 지아비라 불렀다. 진짜 옹가는 가슴을 쾅쾅 치나 눈에서 불이 날 뿐 어찌할 수 없었다.

진짜 옹가 아내 측은하여 하는 말이,

"두 분이 똑같으니, 소첩인들 어이 아오? 애통하오, 애통하오!"

안으로 들어가도 마음이 아니 놓여 팔자타령을 하였다.

"애고 애고, 내 팔자야! 여필종부 옛말대로 한 낭군 모셨는데, 이제 와이도 같고 저도 같은 두 낭군이 웬 변인고? 전생에 무슨 죄를 지었기에 이년의 드센 팔자 이렇듯 애통할꼬? 애고 애고, 내 팔자야!"

이럴 즈음 구불촌 김 별감(金別監)이 문밖에 찾아와서,

"옹 좌수 게 있는가?"

하니, 가짜 옹가가 썩 나서며,

"그게 뉘신가? 허허 이거 김 별감 아닌가. 달포를 못 보았는데, 그새 댁내 무고한가? 나는 요새 집안에 변괴 있어 편치도 못하다네. 어디서 온 누구인지 말투와 몸놀림에 형용도 흡사하여, 나와 같은 자 들어와서 옹 좌수라 일컬으며, 나의 재물 **빼앗고자** 몹쓸 음모를 꾸며 나인 것처럼 행세하며 집 재산을 분별하니 이런 변이 어디 또 있을는고? '그의 아내는 알지 못하되 그의 벗은 알 것이다' 하였으니, 자네 나를 모를까 보냐? 나와 자네는 지기상통(志氣相通, 두 사람 사이의 뜻과 기개가 서로 잘 통함)하는 사이니, 우리 뜻을 명명백백 분별하여 저놈을 쫓아 주게."

진짜 옹가는 이 말 듣고 가슴을 꽝꽝 치며 호령하기를,

"애고 애고, 저놈 보게! 내 행세하며 천연덕스럽게 들어앉아 좋은 말로 저렇듯 늘어놓네! 이놈 죽일 놈아, 네가 옹가냐 내가 옹가지!"

이렇듯이 두 옹가 아웅다웅 다툴 때에, 김 별감은 이리 보고 저리 보고 어이없어 말하였다.

"양옹(兩雍)이 옹옹(雍雍)하니 이 옹이 저 옹 같고 저 옹이 이 옹 같아 분별치 못하겠네! 사실이 이럴진대 관가에 바삐 가서 송사(訟事, 소송하는 일. 여기서는 관가에 재판을 청하는 일을 가리킴)나 하여 보게."

두 옹가, 관청으로 가서 사또의 판결을 받다

양옹이 이 말을 옳게 여겨, 서로 붙들고 관청에 달려가서 송사를 전하였다. 사또가 나앉으며 양옹을 살폈으나, 얼굴도 흡사하고 의복도 같았다. 그러자 형방에게 분부를 내렸다.

"저 두 놈 옷을 벗겨 가려 보라."

하니, 형방이 썩 나서며 양옹을 발가벗기었다.

차돌 같은 머리통이 같을 뿐 아니라, 가슴, 팔뚝, 다리, 발이 모두 같고 불알마저 흡사하니, 그 진위를 누가 가리겠는가.

진짜 옹가가 먼저 말하였다.

"제가 조상 대대로 옹당촌에 사는데, 천만 의외로 생면부지(生面不知, 이전에 만나 본 일이 없어 전혀 모르는 사람, 또는 그런 관계) 모를 자가 저와 행색을 같이 하고 태연히 들어와서, 제 집을 자기 집이라, 제 가족을 자기 가족이라 이르오니 세상에 이런 변괴가 어디 또 있나이까? 현명하신 성주(城主)께서 저놈에게 엄하게 심문(審問)하여 진위를 밝혀 주옵소서."

가짜 옹가 또한 말하였다.

"제가 아뢰고자 하던 것을 저놈이 다 아뢰니, 제가 더 드릴 말씀이 없습니다. 명철하신 성주께서 샅샅이 살피시어 허실을 밝혀 가려 주옵소서. 이제는 죽어도 여한(餘恨)이 없겠나이다."

사또가 엄히 꾸짖어 양옹을 입 다물게 후, 육방의 아전과 내빈(來賓)과 행인을 불러내어 두 옹가를 살펴보게 하였으나, 실옹이 허옹 같고 허옹이 실옹 같아 전혀 알 수 없었다. 이에 형방이 말하였다.

"두 백성의 호적을 비교하여 보십시오."

사또는,

"허허, 그 말이 옳다."

하고 호적색(戶籍色, 지방의 관아에서 호적을 맡아 보는 사람)을 불러 놓고, 양옹의 호적을 외우게 하였다.

이때 진짜 옹가가 나앉으며 말하였다.

"제 아비 이름은 옹송이옵고 조부(祖父)는 만송이옵나이다."

사또가 이 말 듣고 하는 말이,

"허허 그놈의 호적은 옹송망송(뒤숭숭하게 생각이 잘 떠오르지 않고 흐리멍덩한 모양)하여 전혀 알 수 없으니, 다음 백성 아뢰라."

이때 가짜 옹가 나앉으며 말하였다.

"자하골 김등네에 자리잡았을 때, 제 아비 좌수가 되어 백성을 돌본 공(功)으로 말미암아 온갖 부역(賦役, 나라에서 백성에게 의무적으로 하게 하는 육체 노동)을 면제해 주었기로 관내에 유명합니다. 옹돌면 제일호 유생 옹고집이요, 고집의 나이 삼십칠 세요, 부친은 옹송이온데 절충장군(折衝將軍, 정3품의 무관) 하옵고, 조부는 상인이었으나 오위장(五衛將, 정2품의 무관) 지내옵고, 고조(高祖)는 맹송이요, 본은 해주이오며, 처는 진주 최씨요, 아들놈은 골이온데 나이는 십구 세 무인생(戊寅生)이요, 하인으로 천비(賤婢) 소생 돌쇠가 있소이다.

또 제 세간을 말씀드리지요. 논밭 곡식 합하여 이천백 석이요, 마구간에 기마가 여섯 필이요, 암수 돼지 합하여 이십이 마리요, 암탉 장닭 합육십 마리요, 온갖 그릇 등 안성 방짜유기 열 벌이요, 앞닫이 반닫이(궤의 한 가지. 앞부분의 위쪽 절반이 문짝으로 되어 있어서 아래로 젖혀 여닫음)에, 이층장, 화류 문갑, 용장, 봉장, 가께수리(궤짝의 일종), 산수 병풍, 연화 그린 병풍 다 있사옵고, 모란 그린 병풍 한 벌은 제 자식 신혼 때에 매화 그린폭이 없어져 고치고자 다락에 따로 얹어 두었사오니 그것으로도 아옵시고, 책자로 말하오면 『천자(千字)』『추구(抽句)』『당음(唐音)』『당률(當律)』『사략(史略)』『통감(通鑑)』『소학(小學)』『대학(大學)』『논어(論語)』『맹자(孟子)』『시전(詩傳)』『서전(書傳)』『주역(周易)』『춘추(春秋)』『예기(禮記)』『주벽(周壁)』『총목(總目)』까지 쌓아 두었소이다.

또 은가락지가 이십 걸이, 금반지는 한 죽이요, 비단으로 말하오면청·홍·자주색 합쳐서 열세 필이요, 모시가 서른 통이요, 명주가 마흔통 가운데, 한 필은 제 큰딸이 첫 몸(월경)을 보았기로 개짐(월경대, 생리대)을 명주통에 끼웠더니 피가 조금 묻었는데, 이것을 보아도 명명백백 알것입니다.

진신(진땅에서 신은 신 또는 기름이 잘 스며든 가죽신)과 마른신(마른땅에서 신는신 또는 기름이 잘 스며들지 않은 가죽신)이 석 죽이요, 쌍코줄변자(남자가 신는가죽신의 하나)가 여섯 켤레 중에 한 켤레는 이달 초사흘 밤에 쥐가 코를갉아 먹어 신지 못하옵고 안벽장에 넣었으니, 이것도 염문(廉問, 무엇을 탐지하기 위하여 몰래 물어봄)하와 하나라도 틀리면 곤장 맞고 죽사와도 할 말이 없사오나, 저놈이 제 세간 이렇듯이 넉넉함을 얻어듣고, 욕심내어 송정(訟庭, 지난날 백성들이 재판을 청해 오면 그것을 받아 처리하던 법정) 요란케 하오니, 저렇듯 무도한 놈을 처치하사 타인을 경계하옵소서."

관가에서 다 듣고 나더니,

"그 백성이 참 옹 좌수라."

하고 당상으로 올려 앉히며 기생을 불러들여,

"이 양반께 술 권하라."

하였다. 일색 기생이 술을 들고 권주가를 부르는데,

"잡으시오, 잡으시오, 이 술 한 잔 잡으시오. 이 술 한 잔 잡으시면 천 년만년 사시리라. 이는 술이 아니오라 한무제가 승로반(承露盤, 한무제가 불사약인 이슬을 받기 위해 구리로 만든 그릇)에 이슬 받은 것이오니 쓰거나 달 거나 잡수시오."

흥이 나는 옹 좌수가 술잔을 받아들고 대답하였다.

"하마터면 아까운 집에 있는 온갖 세간을 저놈한테 빼앗기고, 이러한 일등 미색의 이렇듯 맛난 술을 못 먹을 뻔하였구나! 그러나 성주께서 흑백을 가려 주시니, 그 은혜는 백골난망(白骨難忘, 죽어 백골이 된다 하여도 은 혜를 잊을 수 없음)이옵니다. 겨를을 내시어서 한 차례 제 집에 나오시오. 막걸리로 한잔 술대접하오리다."

"그는 염려 말게. 처치하여 줌세."

뜰 아래 꿇어앉은 진짜 옹가를 불러 분부를 내렸다.

"네놈은 흉칙한 인간으로서, 음흉한 뜻을 두고 남의 세간을 빼앗으려 고 하였으니, 죄상인즉 마땅히 법에 따라 귀양을 보낼 것이로되, 가벼이

처벌하니 바삐 끌어 내어 물리쳐라."

대곤(大棍, 조선 시대의 볼기를 때리는 형벌에 쓰던 곤장의 한 가지) 삼십 대를 매
우 치고, 죄목을 엄히 문초(問招, 죄인을 신문함)하였다.

"네 이놈! 차후에도 옹가라 하겠느냐?"

진짜 옹가는 거지가 되고 가짜 옹가가 주인 행세를 하다

진짜 옹가는 곰곰이 생각건대, 만일 다시 옹가라 우긴다면 반드시 곤
장을 맞고 죽게 생기자,

"예, 옹가가 아니오니, 처분대로 하옵소서."
하였다. 그러자 아전이 호령하였다.

"장채(묶은 채로) 안동(眼同, 사람을 데리고 함께 가거나 물건을 지니고 감)하여
저놈을 이 고을에서 멀리 내쫓아라."
하니, 군졸들이 벌떼같이 한꺼번에 달려들어 옹가의 상투를 움켜잡고
휘휘 둘러 내쫓으니, 진짜 옹가는 할 수 없이 걸인 신세가 되고 말았다.

고향 산천을 멀리하고 이리저리 다니며 빌어먹을 때, 가슴을 탕탕 치
며 대성통곡하였다.

"답답하다, 내 신세야! 이 일이 꿈이냐 생시냐? 어찌하면 좋을는고?
이렇듯 뜻밖의 재앙을 당했으니."

무지하던 고집 이놈 어느덧 허물을 뉘우치고 애통해하였다.

"나는 죽어 마땅한 놈이지만, 백발이 된 우리 어머니 다시 봉양하고
싶고, 어여쁜 우리 아내와 달 아래에서 인연 맺어 일월로 다짐하고 천지

로 맹세하여 백년 종사하려고 했더니, 독수공방 적막한데, 임도 없이 홀로 누워 전전반측(輾轉反側, 누운 채 이리 뒤척 저리 뒤척 하며 잠을 이루지 못함) 잠 못 들어 수심으로 지내는가? 슬하에 어린 새끼 금옥같이 사랑하여 어를 적에 '섬마둥둥 내 사랑아! 후두둑후두둑, 엄마 아빠 눈에 암암' 나 죽겠네, 나 죽겠어! 이 일이 생시는 아닐 것이다. 아마도 꿈이니, 꿈이거든 어서 바삐 깨어나라!"

이럴 즈음 가짜 옹가의 거동 보라. 송사에 이기고서 돌아올 때 의기양양하는 거동, 그야말로 제법이었다. 얼씨구나 좋을시고! 손춤을 휘저으며 노랫가락 좋을시고! 이러저리 다니면서 조롱하여 하는 말이,

"허허, 흉악한 놈 다 보겠다! 하마터면 내 고운 마누라를 빼앗길 뻔하였구나."

하고 집으로 들어서며 희색(喜色)이 만면(滿面)하니(기쁜 빛이 얼굴에 가득하니), 온 집안이 송사에 이겼다는 말을 듣고 반가이 맞이하였다. 진짜 옹가의 마누라가 왈칵 뛰쳐 내달으며 가짜 옹가의 손을 잡고 다시금 묻는 말이,

"그래, 참말 송사에 이겼소이까?"

"허허, 그리하였다네. 그사이 편안히 있었는가? 세간은 고사하고 자칫하면 자네마저 놓칠 뻔하였다네! 원님이 사리에 밝아, 자네 얼굴 다시 보니 이런 경사 또 있는가? 불행 중 다행이로세!"

그럭저럭 날이 저물자, 가짜 옹가는 진짜 옹가의 아내와 더불어, 긴긴 밤을 수작 타다 원앙금침 펼쳐 놓고 한자리에 누웠으니, 두 사람의 깊은 정을 새삼 일러 무엇하랴!

이같이 즐기다가 잠시 잠이 들어 진짜 옹가의 아내가 꿈을 꾸니 하늘에서 허수아비가 무수히 떨어져 보이기에 문득 깨달으니 남가일몽(南柯一夢, 중국 당나라 때 이공좌가 지은 『남가기[南柯記]』에 나온 고사로 꿈과 같이 헛된 한때의 부귀영화를 이르는 말. 여기서는 한순간의 꿈을 의미함)이었다. 가짜 옹가한테 꿈 이야기를 하니, 가짜 옹가 고개를 끄덕이며 말하였다.

"그 일이 분명하면 아마도 태기가 있을 듯하나, 꿈과 같을진대 허수아비를 낳을 듯하네마는, 장차 내 두고 보리라."

이러구러 열 달이 지나니 진짜 옹가의 아내 몸이 고단하여 자리에 누워 몸을 풀 때 진양성중가가조(晉陽城中家家稠, 진양성 안에 빽빽하게 들어서 있는 집들)에 개구리 해산하듯, 돼지가 새끼 낳듯 무수히 퍼 낳는데, 하나 둘 셋 넷 부지기수(不知其數, 그 수를 알지 못함. 매우 많음)였다. 이렇듯이 해산하니 보던 바 처음이며 듣던 바 처음이다.

진짜 옹가의 마누라는 자식 많아 좋아라고 괴로움도 다 잊으며 주렁주렁 길러 내었다.

진짜 옹가가 잘못을 뉘우치고 도사의 도움을 받다

이렇듯이 즐겁게 지낼 무렵, 진짜 옹가는 할 수 없이 세간 처자 모조리 빼앗기고 팔자에 없는 곤장 맞고 쫓겨나니 세상에 살아 본들 무엇하리?

"애고 애고 내 팔자야. 죽장망혜(竹杖芒鞋, 대지팡이와 짚신. 먼 길을 떠날 때의 아주 간편한 차림을 이르는 말) 단표자(單瓢子, 한 개의 표주박)로 깊은 산속에 들어가니 산은 높아 수많은 봉우리요, 골은 깊어 첩첩이 겹쳐진 골짜기

라. 인적은 고요하고 수목은 **빽빽**한데 때는 마침 봄철이라. 출림비조(出林飛鳥, 숲에서 나와 날아다니는 새들) 산새들은 쌍거쌍래(雙去雙來, 쌍쌍이 오고 감) 날아들 때, 슬피 우는 두견새는 이내 설움 자아내어 꽃떨기에 눈물 뿌려 점점이 맺어 두고, 불여귀(不如歸, 돌아감만 못하다는 뜻으로, 두견이 우는 소리)를 일을 삼으니 슬프다. 이런 사람 없는 산속에서는 아무리 철석같은 간장이라도 아니 울지는 못하리라."

자살을 결심하고 슬피 울 때, 한 곳을 쳐다보니 층암절벽 벼랑 위에 백발도사(白髮道士) 높이 앉아 청려장(青黎杖, 명아주 대로 만든 지팡이)을 옆에 끼고 반송(盤松, 키가 작고 옆으로 퍼진 소나무) 가지를 휘어잡고 노래를 부른다.

"후회막급(後悔莫及, 일이 잘못된 뒤에 아무리 뉘우쳐도 소용이 없음)이라. 하늘이 주신 벌인데, 수원수구(誰怨誰咎, 누구를 원망하고 누구를 탓하겠는가)한단 말인가?"

진짜 옹가는 이 말을 다 들으니 어찌할 줄 모르는 듯, 도사 앞에 급히 나아가 합장 배례 급히 하며 애원하였다.

"이 몸의 죄 돌이켜 생각하면 천만번 죽어도 아깝지 아니하오나, 제발 덕을 베푸시어 살려 주십시오. 당상의 늙은 어머니, 규중의 어린 처자, 다시 보게 하옵소서. 이 소원 풀고 나면 지하로 돌아가도 여한이 없을 줄로 아나이다. 제발 살려 주옵소서."

온갖 정성 다 기울여 애걸하니, 도사가 소리 높여 꾸짖었다.

"천지간(天地間)에 몹쓸 놈아! 이제도 팔십이 된 병든 어미 구박하여 냉돌방에 두려는가? 불도를 업신여겨 못된 짓 하려는가? 너 같은 몹쓸 놈은 응당 죽여 마땅하나, 네 사정이 가엾고 너의 처자 불쌍하기로 풀어 주겠으니, 돌아가 개과천선(改過遷善, 잘못을 고치어 착하게 됨)하여라."

도사는 부적 한 장을 써 주면서 말하였다.

"이 부적 간직하고 네 집에 돌아가면 괴이한 일이 있으리라."
하고 슬며시 사라지니, 도사는 간데온데 없었다.

진짜 옹가가 즐거운 마음으로 고향에 돌아와서 제 집 문앞에 다다르니, 크고 높은 누각 같은 집에 청풍명월(淸風明月) 맑은 경치는 이미 눈에 익은 풍경이었다. 담장 안의 홍련화는 주인을 반기는 듯.

'영산홍아 잘 있었느냐? 자산홍아 무사하냐?'

옛일을 생각하니 오늘이 옳으며 어제는 잘못임을 깨닫고(각금시이작비
[覺今是而昨非] : 중국 진나라 때의 시인 도연명이 지은 「귀거래사」에 나오는 말) 옛집을 다시 찾아오니 죽을 마음 전혀 없다.

"가소롭다, 가짜 옹가야! 이제도 네가 옹가라고 장담을 할 것이냐?"
하고 들어가니, 마누라 이 거동을 보고 크게 놀라 말하였다.

"애고 애고, 좌수님, 저놈이 또 왔소이다. 천살(天煞, 불길한 별의 이름) 맞았는지 또 와서 지랄하니, 이 일을 어찌하오리까?"

이럴 즈음에, 방에 있던 옹가는 간데없고, 난데없는 짚 한 묶음이 놓여 있을 따름이요, 가짜 옹가와 수다한 자식들도 홀연히 허수아비 되므로, 온 집안이 그제서야 깨달은 듯 박장대소(拍掌大笑, 손뼉을 치며 한바탕 크게 웃음)하였다.

좌수가 부인에게 하는 말이,

"마누라, 그사이 허수아비 자식을 저렇듯이 무수히 낳았으니, 그놈과 한가지로 얼마나 좋아하였을꼬? 한 상에서 밥도 먹었는가?"

얼이 빠진 부인은 아무 말 못 하고서, 방 안을 돌아가며 가짜 옹가의 자식들 살펴보니, 여기를 보아도 허수아비요, 저기를 보아도 허수아비였다. 아무리 다시 보아도 허수아비 무더기가 분명하였다. 부인은 진짜 옹가를 맞이하여 반갑기 그지없으나 한편 지난 일을 생각하니 매우 부끄러워하였다.

도승의 술법에 탄복하여, 옹 좌수는 그로부터 어머니에게 효도하며 불도를 공경하여 잘못을 뉘우치고 착한 일 많이 하니, 모두들 그 어짊을 칭찬하였다.

이야기 따라잡기

옹당 우물 옹당 연못이 있는 옹진골 옹당촌에 옹고집이라는 사람이 살고 있었다. 그는 성질과 버릇이 고약하여, 심술궂고 매사에 고집만 세웠다. 돈이 썩어나도 남을 위해서는 한 푼도 쓰지 않는 천하에 둘도 없는 자린고비이다. 또한 거지나 중이 와서 구걸을 하면 동냥을 주기는커녕 욕설을 하고, 심지어는 후려갈겨서 내쫓기가 일쑤이다. 뿐만 아니라 팔십 노모가 병들어 누웠는데, 방에 불도 때 주지 않고 약 한 첩 쓰지 않는 불효자이다.

어느 날, 월출봉 취암사에 있는 도사가 학대사를 불러 옹 좌수가 불도를 무시하고 중만 보면 원수같이 대하니 내려가서 혼내 주고 오라고 보낸다. 학대사가 내려갔다가 옹고집을 혼내 주기는커녕 오히려 매만 실컷 맞고 돌아온다. 옹고집을 혼낼 방법을 연구하던 학대사는 짚으로 가짜 옹가를 만든다. 그리고 그 가짜 옹가를 진짜 옹가의 집에 보내 하인들을 호령하게 한다. 그래서 진짜 옹가와 가짜 옹가 사이에 싸움이 벌어진다. 하인들은 당황하여 진짜와 가짜를 구분하지 못한다.

진짜 옹가의 아내가 춘단 어미를 시켜 진짜와 가짜를 구분하려고 한다. 도포를 성급히 다루다가 불똥이 떨어져서 안자락이 타서 구멍이 나 있으니, 그것을 찾아보면 진위를 가릴 것이라고 생각했는데, 두 옹가의 옷자락에 똑같이 구멍이 나 있으므로 구별하지 못한다. 또 며느리가 나와서 진짜 옹고집은 머리 위로 금이 있고, 금 가운데 흰머리가 있다고 하며 그것으로 구별하려 했지만, 가짜 옹가가 재빠르게 진짜 옹가의 흰머리를 뽑아서 제 머리에 붙인다. 이에 며느리는 가짜 옹가를 보고 우리 아버님이라고 한다.

하인들이 옹가의 아들을 찾아 모시고 온다. 들어오는 아들을 보고 먼저 가짜 옹가가 말을 건넨다. 진짜 옹가는 내가 할 말을 가짜 옹가가 한다고 답답해하면서 마누라를 부른다. 그러나 가짜 옹가가 먼저 결혼 첫날밤에 있었던 일을 이야기한다. 이에 마누라도 가짜 옹가를 붙들고 내 남편이라고 한다. 마침 친구 김 별감이 찾아왔는데, 그도 구별을 못 하고 관가에 가서 송사해 보라고 한다.

진짜 옹가와 가짜 옹가는 관가에 가서 진위를 가려 달라고 한다. 사또가 질문을 하며 족보를 따져 보게 한다. 진짜 옹가보다 가짜 옹가가 더 족보를 잘 알고 있을 뿐만 아니라, 집 안의 재산에 대해서도 시시콜콜 알고 있다. 그리하여 원님도 가짜 옹가를 '진짜 옹고집'이라고 판정한다. 진짜 옹가는 송사에서 패하고 내쫓겨서, 이곳저곳 다니며 걸식하는 신세가 된다. 가짜 옹가는 진짜 옹가의 집에 돌아와 진짜 옹가의 아내와 자녀와 하인들을 데리고 살아간다. 이럭저럭 부인에게 태기가 있었고, 많은 아이들을 낳는다.

이때, 진짜 옹가는 온갖 고생을 다한 끝에, 자신의 지난날 악한 행동을 반성한다. 살아서 무엇하랴 생각하고 자살하려고 산중으로 들어가 절벽에 이르러 투신하려고 하는데, 한 도사가 나타나서 이를 말린다. 진짜 옹가가 애원하니, 도사가 그동안 옹고집의 잘못을 꾸짖은 다음 부적 한 장을 주면서 집으로 돌아가라고 한다. 진짜 옹가가 집에 돌아와 부적을 던지니, 가짜 옹가는 허수아비로 변한다. 아내가 가짜 옹가와 낳은 자식들도 모두 허수아비로 변한다. 옹고집은 그 동안 저지른 자신의 죄를 뉘우치고, 부모에게 효도하고 불교를 공경하며 착하게 산다.

쉽게 읽고 이해하기

풍자소설 「옹고집전」

작가와 연대를 알 수 없는 조선 후기 판소리계 소설이다. 이 작품은 「심청전」과 같이 불교적 설화를 소재로 하여 불교적 주제를 바탕으로, 「홍길동전」이나 「전우치전」과 같은 도술이 등장하는 사건 구성법으로 엮은 소설이다. 다시 말하면, 이 작품은 고집 세고 인색하며 불효 막심하고 불교를 배척하는 자린고비를 풍자하기 위하여, 기상천외(奇想天外)한 도술적인 구성을 가지고 쓰여진 풍자소설의 걸작이다. 이 작품에는 풍자와 해학이 가득 차 있다. 판소리계 소설 중에 도술적인 구성과 표현이 드러난 작품은 이 작품뿐이다. 비록 비현실적이며 초인간적인 구성이라고 해도, 조금도 어색하지 않고 재미있고 아주 자연스럽게 표현되어 있다. 또한 이 작품은 18세기 중엽(영조 시대) 이후 창극의 각본으로 제작된 것을 소설화한 것으로 알려져 있다.

도덕성을 강조한 불교 설화가 혼합된 소설

이 소설은 교묘한 도술을 통하여 「흥부전」의 놀부에 비교할 수 있을 만큼 부도덕하며 악독한 인물 옹고집을 풍자하고 벌하려는 내용을 담고 있다. 동시에 불교를 무시하는 사람들에게 경고를 하고 있다. 옹고집은 가족을 비롯하여 가까운 사람들에게 배척을 당한 후에야 자신의 잘못을 깨닫고 뉘우친다. 이런 점을 바탕으로 생각해 볼 때, 이 소설은 조선 후기 화폐 경제의 발달로 오직 부를 추구하는 데만 몰두한 나머지 윤리 도덕이나 인정 같은 것은 저버린 부류가 나타나자, 이에 대한 반감이 반영된 작품으로 생각할 수 있다.

그리고 이 작품에는 여러 가지 설화가 섞여 있는데, '장자못 이야기(시주를 청하는 승려를 박대한 부자가 천벌을 받는 이야기)', '쥐를 기른 이야기(쥐를 밥 먹여 길렀더니 그 쥐가 사람으로 변하여 주인과 진위를 가리는 싸움을 한 끝에 주인을 몰아냈다는 이야기)', '도술로 징벌한 이야기' 등이 그것이다.

평면적 구성의 단편소설

이 작품의 중심 이야기는 취암사에 있는 도승의 명으로 학대사가 옹고집의 집에 가서 옹고집과 문답하다가 매를 맞고 돌아오는 장면과, 진짜 옹고집과 가짜 옹고집이 진짜와 가짜를 구별하기 위하여 서로 다투는 장면이다. 이와 같이, 이 작품은 단조로운 구성과 단일한 주제를 특징으로 하는 단편소설의 성격을 띤 평면적인 구성법을 보여 주고 있다.

「토끼전」은 무능한 용왕과

그에게 충성을 다하는 자라,

그리고 위기를 지혜롭게 극복하는

토끼의 모습을 통해

지배계층의 무능함과

이에 대한 서민들의 비판 의식을 잘 반영한

우화소설이다.

토끼전

세상 만물이 어찌 간을 임의로 꺼내었다 넣었다 하리오.
신출귀몰한 꾀에 너의 미련한 용왕이 잘 속았다 하여라.

등장인물

토끼 힘도 없고 가진 것도 없는 토끼는 자라의 꾐에 빠져, 용궁에서 벼슬을 할 헛된 욕심으로 따라간다. 그러나 용궁에서 간이 꺼내어질 위기에 처하자, 지혜를 발휘해 빠져나온다. 육지에서도 위험한 상황에 처하지만 역시 꾀를 내어 살아난다. 항상 고달프고 불만스러운 현실에 살면서, 화려한 생활을 동경하며 이상을 꿈꾸는 인물이다.

자라(별주부) 육지로 가서 토끼의 간을 가져오겠다고 문어와 겨루어 끝내 이긴다. 토끼를 설득하여 용궁에 데려오는 데는 성공하지만 토끼의 꾀에 속고 만다. 공을 세워 신분을 높이고 싶은 욕구가 많고, 용왕을 위해서 최선을 다하는 충직한 신하이다.

용왕 자업자득으로 생긴 병으로 어쩔 수 없이 죽음을 맞이하게 되었으나, 수단과 방법을 가리지 않고 살기를 원한다. 용왕을 중심으로 하는 수궁 세계는 자신을 위해서 남의 희생을 요구하는 이기적이고 탐욕스러운 지배 계층을 상징한다. 토끼의 꾀에 속는 어리석은 모습을 보인다.

토끼전

병든 용왕에게 명의가 토끼의 간을 권하다

천하의 모든 물 중에 동해와 서해와 남해와 북해 네 바닷물이 제일 컸다. 그 네 바다 가운데에는 용왕이 각각 있었으니, 동에는 광연왕(廣德王), 남에는 광리왕(廣利王), 서에는 광덕왕(廣潤王), 북에는 광택왕(廣澤王)이었다. 남과 서와 북의 세 왕은 모두 평안하였으나, 오직 동해 광연왕만 우연히 병이 들어 천만 가지 약으로도 도무지 효험을 보지 못하였다.

하루는 왕이 모든 신하를 모으고 의논하였다.

"가련하구나. 과인(寡人, 덕이 적은 사람이란 뜻으로, 임금이 자신을 낮추어 일컫던 1인칭 대명사) 한 몸이 죽어지면 북망산(北邙山, 사람이 죽어서 묻히는 곳) 깊은 곳에 백골(白骨, 살이 다 썩고 남은 흰 뼈)이 진토(塵土, 흙과 먼지)에 묻혀 세상의 영화며 부귀가 다 헛되다. 이전에 여섯 나라를 통일하여 다스리던 진시황(秦始皇, 중국 최초의 중앙집권적 통일 제국인 진나라를 건설한 전제군주)도 삼신산에 불사약(不死藥, 먹으면 영원히 죽지 않는다는 신선의 약)을 구하려고 어린 남녀 오백 명을 보내었고, 위엄을 세상에 떨치던 한무제(漢武帝, 중국 전한 제7대 황제)도 백대(柏臺, 백량대[柏梁臺]. 중국의 한무제가 지은 누대)를 높이 짓고 승로반(承露盤, 한무제가 불사약인 이슬을 받기 위해 구리로 만든 그릇)에 신선의 손을 만들어 이슬을 받았으나, 하늘에 떳떳하지 못하여 결국 죽어서 여산(廬山, 중국의 명산)에 묻혀 있다. 하물며 나 같은 한쪽 조그마한 나라 임금이야 일러 무엇하겠는가. 대대로 전해 오던 왕 노릇도 못하고 죽을 일을 생각하니 멍해지는구나. 이름난 의원을 널리 구하여 나를 자세히 진찰하게 한 후에 약으로 치료하는 것이 마땅하다.”

이렇게 명을 내리고 왕이 계속 말을 이었다.

“과인의 병세가 심히 위중하니 경들은 아무쪼록 충성을 다하여 명의를 널리 구하여 과인을 살려서 모든 신하가 서로 함께 더욱 즐겁게 지내도록 하라.”

이에 한 신하가 여러 사람이 모인 자리 맨 앞으로 나와 말하였다.

“신이 듣기로, 오나라에는 범 상국(范相國, 범려[范蠡]. 중국 춘추시대 말기의 정치가. 월나라 왕 구천을 섬겼으며 오나라를 멸망시킨 공신. 이후 제나라로 가 재상에 올랐음)이, 당나라에는 장 사군(張思君)이, 초나라에는 육 처사(陸處士)가 오나라와 초나라 지경에 제일 가는 세 호걸이라 하오니, 세 사람을 찾아 물어보소서.”

모두 보니 선조 때부터 정성을 극진히 하던 공신인데, 수천 년 묵은 잉어였다. 왕이 듣고 옳게 여기어 가까운 신하를 보내어 그 세 사람을 청하니 며칠 만에 모두 도착하였다. 이에 왕이 자리에 나와 세 사람을 인도하여 본 후 고마운 뜻을 표하여 말하였다.

"선생들이 과인이 청하자 이렇게 천 리를 멀리 여기지 아니하시고, 누추한 곳까지 찾아오시니 불안하고 감사하오."

세 사람이 왕을 공경하여 대답하여 말하였다.

"생의 무리가 세상에 덧없는 인생으로 벼슬과 세상 일과 이별하고, 강산 풍경을 사랑하여 오초강산(吳楚江山, 오나라와 초나라를 합친 넓고 큰 세상) 구석진 곳에 임의로 오가며 무정한 세월을 헛되이 보내다가 천만뜻밖에 대왕의 명을 받고 황송하기 그지없었습니다."

왕이 말하였다.

"과인이 신수(身數, 한 사람의 운수)가 불길하여 우연히 병든 지 지금 몇 년이 지나도록 약 신세도 많이 졌건마는, 평범한 의술이라 그러한지 종시 효험을 조금도 보지 못하오니, 선생이 죽게 된 목숨을 살려 주시기를 하늘같이 바라오."

하니, 세 사람이 말하였다.

"술은 사람을 미치게 하는 약이요, 색(色, 여색. 여자를 가까이하는 것)은 사람의 수명을 줄이는 근본입니다. 대왕이 술과 색을 지나치게 하시어 이 지경에 이르심이니 스스로 지으신 죄악이라 수원수구(誰怨誰咎, 누구를 원망하고 누구를 탓하겠는가) 하시오리까마는, 혹은 이르되 사람의 소년(젊은 나이) 한때 예사라 하오니 저렇듯이 중한 병이 한 번 들면 회복하기 어려운 병입니다. 푸른 산에 안개 걷히듯 봄바람에 눈 사라지듯 오장육부가 마디마디 녹아지니, 화타(華陀, 중국 한나라의 명의)와 편작(扁鵲, 중국 전국 시대의 명의)이 다시 살아나도 손쓸 수 없고, 인삼과 녹용을 오래 복용하고 재물이 쌓여 있어도 죄를 면할 수 없고, 용맹한 힘이 남보다 뛰어나도 제어할 수 없나이다. 이리저리 아무리 생각하여도 국운이 불행하고 천명이 다하여 없어지심인지, 대왕의 병환이 회복되시기가 정말 어렵겠습니다."

왕이 다 듣고 정신이 복잡하여 말하였다.

"그러면 어찌할꼬? 죽을 자는 다시 살지 못할 것이다. 이 세상 일 년에 한 번 저같이 좋은 이삼월 복숭아꽃과 배꽃, 사오월에 신록과 싱그러운 풀, 팔구월에 노란 국화와 단풍, 동지섣달 눈 속에 핀 매화며, 저렇듯이 아리따운 삼천 궁녀의 애교를 헌신짝같이 버리고 속절없이 황천객(黃泉客, 황천으로 가는 길손이라는 뜻으로, '죽은 사람'을 이르는 말)이 되게 되었으니, 그 아니 가련하오? 설혹 효험이 없을지라도 선생은 묘한 술법을 다하여 약 처방이나 하나 내어 주시면 죽어도 한이 없겠소."

이에 세 사람이 웃으며 말하였다.

"저희 말을 들으신다면, 약 처방이나 하여 올리리다. 상한병(傷寒病)에는 시호탕(柴胡湯, 감기나 말라리아의 치료에 쓰이는 탕약)이요, 음기가 허하여 나는 병에는 보음익기전(補陰益氣煎, 보혈이 되면서 외감을 푸는 탕약. 음이 부족하여 감기, 또는 기후의 갑작스러운 변화 등으로 일어나는 병을 치료하는 탕약)이요, 열병에는 승마갈근탕(升麻葛根湯, 승마, 감초, 생강 따위를 넣어 달여 만드는 것으로 독감을 치료하는 탕약)이요, 원기부족증에는 육미지탕(六味之湯, 숙지황 등으로 짓는 가장 흔히 쓰는 보약)이요, 체증에는 양위탕(養胃湯, 인삼을 주재료로 하여 달인 탕약)이요, 다리 통증에는 우슬탕(牛膝湯), 소의 무릎뼈를 다린 약)이요, 눈병에는 청간명목탕(淸肝明目湯, 간에 있는 열을 다스리는 탕약)이요, 풍증에는 방풍통성산(防風通聖散, 몸에 열이 많아서 부스럼이 나고 얼굴빛이 붉어지며, 배설이 잘 안 될 때 쓰는 약)이라, 사람에 따라 갖가지 약이 있으니 증세 따라 약을 지어 줌이 다 당치 아니하옵고, 신통한 효험이 있는 것 한 가지가 있사오니, 바로 토끼의 생간입니다. 그 간을 얻어 더운 김에 드시면 즉시 병환이 나아 회복되시오리이다."

이에 왕이,

"어찌하여 그 간이 좋다 하느냐?"

하니, 대답하여 여쭈었다.

"토끼란 것은 천지 개벽한 후 음양(陰陽)과 오행(五行, 우주에 운행하는 금[金], 목[木], 수[水], 화[火], 토[土]의 다섯 가지 기운)으로 된 짐승입니다. 병을 음양오행의 상극(相剋, 음양오행설에서, 금은 목과, 목은 토와, 토는 수와, 수는 화와, 화는 금과 조화를 이루지 못함을 이르는 말)으로 고치고 상생(相生, 음양오행설에서, 금은 수와, 수는 목과, 목은 화와, 화는 토와, 토는 금과 조화를 이룸을 이르는 말)으로도 고치는 법입니다. 토끼간이 두루 제일 좋은 것입니다. 더구나 대왕은 물속 용신이시요, 토끼는 산속 명물입니다. 산은 양이요, 물은 음일 뿐 아니라, 그중에 간이라 하는 것은 더욱 목(木)의 기운으로 된 것이니, 만일 대왕이 토끼 생간을 얻어 쓰시면 음양이 서로 화합하는 것이므로 효과가 있을 것입니다."

이렇게 말하고 세 사람이 하직하며,

"녹수청산(綠水靑山) 벗님네와 무릉도원(武陵挑源, 도연명의 「도화원기」에 나오는 신선이 산다는 곳) 화류촌(花柳村)에서 만나기로 금석같이 언약하고 왔기에, 수많은 이야기를 다 못 나누고 바삐 하직하게 되었습니다. 부디 대왕은 옥체(玉體, 남의 '몸'을 높여 부르는 말)를 오래도록 보전하옵소서."

하고, 섬에 내려 백운산으로 가볍게 날아갔다.

자라가 토끼를 잡아 오겠다고 나서다

왕이 그 세 사람을 보내고 즉시 만조백관(滿朝百官, 모든 벼슬아치)을 모아 놓고 하교하여 말하였다.

"과인의 병에는 토끼 생간이 제일 좋은 약이요, 그 외에는 천만 가지 약이 다 쓸데없다 하니 나를 위하여 누가 토끼를 산 채 잡아올꼬?"

문득 일원(一員, 단체에 소속된 한 구성원) 대장이 앞으로 나서며 아뢰었다.

"신이 비록 재주 없사오나 한번 인간 세상에 나아가 토끼를 산 채 잡아 오리이다."

하니, 모두 보니 머리는 두루주머니(허리에 차는 주머니) 같고 꼬리는 여덟 갈래로 돋힌 수천 년 묵고 묵은 문어였다.

왕이 크게 기뻐하여,

"경의 용맹은 과인이 아는 바라. 급히 인간 세상에 나아가 토끼를 산 채 잡아 오면 그 공이 적지 아니하리라."

하고, 장차 문성장군(文盛將軍)으로 봉하려 할 즈음에, 문득 한 장수가 뛰어 내달아 크게 외쳐 말한다.

"문어야, 네 아무리 기골이 장대하고 위풍이 약간 있다 한들, 언변도 제일 넉넉지 못하고 생각도 부족한 네가 무슨 공을 이루겠다 하며, 또한 세상 사람들이 너를 보면 영락없이 잡아다가 요리조리 오려 내어 국화 송이며 매화 송이처럼 형형색색으로 갖가지로 아로새겨, 혼인 잔치 환갑 잔치에 크고 큰 상 어물 접시 음식 재료로 필요하고, 재주 있는 사람들의 놀음상(놀이판에 차리는 음식상)과 명문 집안의 진지상과, 어린아이의 거둘 상과, 바람둥이가 남 술안주에 구하는 것이 바로 너다. 무섭고 두렵지도 아니하냐? 이 어림 반푼어치 없는 것아. 나는 세상에 나아가면 칠종칠 금(七縱七擒, 마음대로 잡았다 놓아주었다 함)하던 제갈량(諸葛亮, 자는 공명. 중국 삼국시대 촉한의 정치가이자 전략가)과 같이 신출귀몰한 꾀로 토끼를 산 채 잡 아 오기가 더 쉽다."

모두 보니 그는 수천 년 묵은 자라이니, 별호는 별주부였다.

문어가 그 말을 듣고 화가 치밀어 올라, 긴 꼬리 여덟 갈래를 삿삿이 벌리고 검붉은 대가리를 설레설레 흔들면서 소리를 지르니, 물결이 뛰 노는 듯 웅어눈(웅어처럼 가늘고 길게 찢어진 눈)을 부릅뜨고 크게 꾸짖어 말 하였다.

"요사스러운 별주부야, 내 말 잠깐 들어 보아라. 포대기 속에 있는 어 린아이가 장부를 방해할 줄 누가 알았으리오. 정말 그야말로 범 모르는 하룻강아지요, 수레 막는 쇠똥벌레로구나. 네 죄를 의논하고 보면 태산 도 오히려 가볍고 황하의 물이 도리어 얕다 하겠으니, 그것은 다 그만 덮어 두고 첫 문제로 네 모양을 볼 것 같으면, 사면이 넓적하여 나무 접 시 모양이라. 작고 못생기기로 둘째 가라면 대단히 싫어할 터이지. 요따 위 자격에 무슨 생각이 들어 있으리오. 그뿐만 아니라 세상 사람들이 너 를 보면 잡아다가 끓는 물에 솟구쳐서 자라탕을 만들어 양반들과 세도 가문의 자제들이 구하는 고기가 바로 너니, 무슨 수로 살아 오랴?"

이에 자라가 반박을 하였다.

"너는 우물 안 개구리라. 한 가지만 알고 두 가지는 알지 못하는구나. 중국에서 세상을 주름잡던 초패왕도 해하성(垓下城)에서 패하였고, 유럽에서 각국을 응시하던 나파륜(나폴레옹)도 바다의 섬 중에 갇혔는데, 요사스런 네 용맹을 누구 앞에서 번쩍이며, 또는 무슨 지식이 있노라고 내 지혜를 헤아리느냐? 참으로 내 재주를 들어 보아라. 끝없이 넓고 깊은 물에서 느릿느릿 네 발로 가까스로 기며 긴 목을 움츠리고 넓적이 엎드리면, 둥글둥글 수박이요, 편편납작 솥뚜껑이라. 나무 베는 목동이며 고기 잡는 어부들이 무엇인지 모를 것이다. 오래 살기는 태산과 같고, 평안하기는 너른 바위와 같구나. 남 모르게 다니다가 토끼를 만나 보면 어린아이 젖 먹이듯, 뚜쟁이 과부 속이듯, 이 패 저 패 두루 써서 간사한 저 토끼를 두 눈이 멀겋게 잡아 올 것이요, 만일 운이 나빠서 못 잡아 오는 경우에는 용궁에 돌아와서 내 목을 대신하리라."

문어는 할 수 없이 주먹 맞은 감투가 되어 슬쩍 웃으며 뒤통수를 툭툭 치고 흔들흔들 달아나니, 모든 신하가 별주부의 생각과 언변을 한없이 칭찬하였다. 자라가 다시 엎드려 왕께 아뢰어 말하였다.

"소신은 물속에 있는 물건이옵고, 토끼는 산속에 있는 짐승이오니 그 모습을 자세히 알 수 없사오니 화공(畵工, 화가)을 불러 토끼 모양을 그려 주옵소서."

이에 용왕이 옳게 여기어 화공을 불러오니, 중국에 이르면 인물 그리던 모연수(毛延壽, 중국 한나라의 화가)와 대나무 잘 그리던 문여가(文與可, 송나라의 화가로 대와 산수를 잘 그림)며, 조선으로 이르면 산수 그리던 겸재(謙齋, 조선 중기의 산수화가 정선[鄭敾]. 겸재는 그의 호)와 나비 잘 그리던 남나비

(조선 말기의 화가 남계우[南啓宇]. 나비와 화초를 잘 그려 남나비라 불림)며, 그 외에 오도자(吳道子, 중국 당나라의 화가 오도현[吳道玄]), 김홍도(金弘道, 조선 영조 때의 서화가. 호는 단원[檀園])와 같이 유명한 여러 화공들이 많이 준비하고 기다 리는데, 왕이 명하여 토끼의 화상을 그려 들이라 하시니, 화공들이 명령 을 듣고 한 처소로 나와 보니, 여러 가지 그림 도구가 대단하였다. 고려 자기 연적이며, 남포청석(藍浦靑石, 충청도 남포에서 생산되는 검은색 돌) 용무 늬 벼루며, 한림풍월(翰林風月, 황해도 해주에서 나던 먹 이름) 해묵(海墨, 황해도 해주에서 나던 먹 이름)이며, 중산 황모 무심필(족제비의 꼬리털로 만든 붓)과 눈 같이 하얀 종이며, 백녹자주홍 여러 가지 물감이 전후좌우에 벌여 있었 다.

이에 화공들이 둘러앉아서 토끼 화상을 그리는데, 각기 한 가지씩 맡 아 그려 토끼 한 마리를 만들어 냈다. 하나는 천하명산 좋은 경치 구경 하던 저 눈 그리고, 또 하나는 두견·앵무 지저귈 때 소리 듣던 저 귀 그 리고, 또 하나는 난초 지초 등 온갖 향초 꽃 따 먹는 입 그리고, 또 하나 는 방장산 봉래산 구름과 안개 속에 냄새 맡던 코를 그리고, 또 하나는 동지섣달 추운 눈바람을 막던 털을 그리고, 또 하나는 첩첩산중의 골짜 기와 높은 봉우리, 구름 깊은 곳에 펄펄 뛰던 발을 그리니, 두 눈은 도리 도리, 앞다리는 짤막, 뒷다리는 길쭉, 두 귀는 쫑긋, 뛸 듯 뛸 듯 천연한 토끼 모습 그대로였다.

왕이 보고 크게 기뻐하여 모든 화공에게 각기 천 금씩 상급하고, 그 그림을 자라를 주며 말하였다.

"어서 길을 떠나라."

이에 자라가 두 번 절하고 토끼 그림을 받아 들고, 이리 접고 저리 접쳐 등에다 지자 하니 물에 가라앉을 것이었다. 이윽히 생각하다 움츠린 목을 길게 늘여 한 편에 집어넣고 도로 움츠리니 전후가 도무지 염려 없게 되었다.

용왕이 신기하게 여기어 친히 잔을 들어 권하여 말하였다.

"경은 정성을 다하여 큰 공을 이루어 빨리 돌아오면 부귀를 함께하리라."

그리고 즉시 호혜청(戶惠廳, 재정을 맡아 보던 호조와, 공물의 출납을 맡아 보던 선혜청을 아울러 이르는 말)에 명령을 전하여 돈과 곡식의 많고 적음을 생각지 않고 왕이 별주부에게 내리니, 별주부가 그 은혜에 대단히 감격하여 감사한 마음으로 엎드려 절하고 모든 신하들과 작별한 후, 집에 돌아왔다.

처자를 이별할 때, 그 아내가 당부하여 말하였다.

"인간 세상은 위험한 곳이니 부디 조심하여 큰 공을 세워 가지고 빨리 돌아오시기를 천만 기원하옵나이다."

자라가 대답하였다.

"목숨의 길고 짧음이 하늘에 달렸으니 무슨 염려가 있으리오. 돌아올 동안 늙으신 부모와 어린 자식들을 잘 보호하라."

하고 행장(行裝, 여행할 때에 쓰이는 물건)을 수습해 소상강(瀟湘江, 중국의 유명한 호수 동정의 남쪽에 있는 소수[瀟水]와 상수[湘水]를 함께 부르는 말로 경치가 아름답기로 유명함)과 동정호 깊은 물에 허위둥실 떠올라서 푸른 시내 흐르는 산속으로 들어가니, 이때는 꽃과 버들이 피는 좋은 시절이었다.

온갖 풀과 나무들, 모든 것이 다 스스로 즐거워하였다. 울긋불긋 진달래꽃은 향기를 띠었는데 얼숭얼숭 호랑나비는 춘흥을 못 이기어서 이리저리 흩날리고, 푸르른 수양버들 늘어진 시냇가에 날아드는 황금 같은 꾀꼬리는 벗 부르는 소리로 구십춘광(九十春光, 봄의 석 달 동안) 노래하고, 꽃 사이에 잠든 학은 자취 소리에 자주 날고, 가지 위에 두견새는 불여귀(不如歸, 돌아감만 못하다는 뜻으로, 두견이 우는 소리)와 어울리니, 그야말로 별유천지비인간(別有天地非人間, 현세와 동떨어져 있는 세상으로, 인간이 살지 않는 이상향. 이백의 시 「산중문답[山中問答]」에서 따온 구절)이었다. 소상강 기러기는 가노라 작별을 고하고, 강남서 오는 제비는 왔노라 모습을 나타내고, 조팝나무(장미과의 낙엽 관목. 산이나 들에 나는데, 관상용으로 심기도 함)에 비쭉새 울고, 함박꽃에 뒹울벌이오, 방울새 떨렁, 물새떼 찍걱, 접동새 접동, 뻐꾹새 뻐꾹, 까마귀 골각, 비둘기 구구 슬피 우니, 그것인들 좋은 경치가 아니겠는가. 산마다 붉은 꽃이 피어 찬란하고, 앞 시내와 뒤 시내에 흰 비단을 펼친 듯, 푸른 대나무와 소나무는 오랜 세월 동안 지녀 온 절개요, 복숭아꽃과 살구꽃은 순식간의 봄이니, 기괴한 바윗돌은 좌우에 층층한데 절벽 사이 폭포수는 이 골 저 골 물 한데 합쳐져 와당탕 퉁텅 흘러가는 저 경치가 더할 수 없이 좋기도 좋았다.

육지에 온 자라가 토끼를 만나다

그 구경 다하고 숲 사이로 들어가면 사방으로 토끼 자취를 살피다가 한 곳을 바라보니 가지각색의 짐승이 내려왔다. 발발 떠는 다람쥐며, 노루, 사슴, 이리, 승냥이, 곰, 돼지, 너구리, 고슴도치, 사자, 원숭이, 범, 코끼리, 여우 등과 담비, 성성이(오랑우탄)였다. 양쪽으로 지나가는데 토끼의 자취를 알 수 없어 움츠린 목을 길게 늘여 이리저리 휘둘러 살펴보았다. 뒤쪽으로 한 짐승이 들어오는데 그림과 비슷하였다. 토끼를 보고 그림을 보니 영락없는 토끼였다. 자라 혼자 마음에 매우 기뻐하여 진짜인지를 알아보려 할 때, 저 짐승 거동 보소. 혹 풀도 뜯적이며 싸리순도 뜯적이며 층암절벽 사이에 이리저리 뛰어 뺑뺑 돌며 흘끔흘끔 깡총깡총 뛰놀았다. 자라가 목소리를 높여서 점잖게 불러 말하였다.

"높고 험한 산봉우리에 경치도 좋다. 저 친구, 그대 토선생이 아니신가? 나는 본시 수중호걸인데 육지에서 좋은 벗을 얻고자 이리저리 다니다가 오늘이야 산중호걸을 만났구나. 기쁜 마음을 금할 수가 없어 청하노니, 선생은 부디 망설이지 말고 허락해 주시오."

토끼가 저를 대접하여 청함을 듣고 가장 점잖은 체하며 대답하였다.

"거 뉘라서 날 찾는고. 산이 높고 골이 깊은 이 강산 경개 좋은데, 날 찾는 이 거 누구신고. 수양산에 백이·숙제(伯夷叔齊, 은나라를 멸망시킨 주나라를 반대한 백이와 숙제 형제)가 고사리 캐자 날 찾는가. 소부·허유(許由巢父, 요 임금이 허유에게 왕위를 물려주려 하자 허유는 그 말을 들은 귀를 영천의 물에 씻었고, 마침 소에게 물을 먹이러 왔던 소유는 그 사연을 듣고 상류로 올라가서 물을 먹였다고 함)가 영천수에 귀 씻자고 날 찾는가. 부춘산 엄자릉(嚴子陵, 중국 한나라의 엄광[嚴光]. 광무제가 벼슬을 주려 하자 부춘산에 숨어 농사지으며 살았다)이 밭 갈자고 날 찾는가, 굴원(屈原, 전국 시대 초나라 사람으로 간언이 받아들여지지 않자 멱라수에 투신 자살함)이가 물에 빠져 건져 달라 날 찾는가. 시중천자

이태백(중국 당나라의 최고 시인이며 시선이라고까지 불리운 이백을 말함)이 글 짓자고 날 찾는가. 석가여래 아미타불이 설법하자고 날 찾는가. 남양 초당에 제갈 선생 꿈풀이하자고 날 찾는가. 한나라 종실 유비가 제갈공명과 같은 전략가가 없어 날 찾는가. 적벽강 소동파(蘇東坡, 중국 북송의 문인 소식[蘇軾]. 당송팔대가의 한 사람으로 「적벽부[赤壁賦]」를 지음)가 배 띄워 놀자고 날 찾는가."

두 귀를 쫑그리고 네 다리를 자주 놀려 가만히 와서 보니, 둥글 넙적 거뭇 편편하였다. 이상하게 여겨 주저할 즈음에 자라가 가까이 오라 부르니, 아무렇거나 그리하라 하고 곁에 가서 서로 절하고 잘 앉은 후, 손님을 대접하는 인사로 갖가지 담배와 담뱃대를 다 던져 두고 도토리 통에 싸리순이 제격이었다. 자라가 먼저 말을 꺼내며,

"토공의 명성(名聲)은 들은 지 오래이므로 평생에 한 번 보기를 원하였더니 오늘이 무슨 날인지 호걸과 만나니 어찌하여 서로 보기가 이다지도 늦었는고?"

하니, 토선생이 대답하였다.

"세상에 나서 네 바다를 돌아다니며 인물 구경도 많이 하였으나, 그대 같이 못생긴 얼굴은 처음 보네. 담 구멍을 뚫다가 정강이뼈가 빠졌는가? 발은 어이 이리 뭉툭한가. 양반 보고 욕하다가 상투를 잡혔던가? 목은 어찌 이렇게 기다란가. 색주가에 다니다가 한량패에게 밟혔던가? 등이 왜 이리 넙적한가? 사방으로 돌아보니 나무 접시 모양이로군. 그러나 성함은 뉘 댁이라 하시오? 아까 한 말은 다 농담이니 거기 대하여 너무 노여워하지 마시기 바라오."

하니, 자라가 그 말을 듣고 마음이 불쾌하지마는 마음을 흠뻑 돌려 눅진 눅진이 참고 대답하였다.

"내 성은 별이요, 호는 주부요. 등이 넓기는 물에 다녀도 가라앉지 아니함이요, 발이 짧은 것은 육지에 다녀도 넘어지지 아니함이요, 목이 긴 것은 먼 데를 살펴봄이요, 몸이 둥근 것은 행세를 둥글게 함이라. 그러하므로 수중에 영웅이요, 어른이라. 세상에 문무를 겸하는 것은 나뿐인가 하오."

토끼가 말하였다.

"내가 세상에 나서 온갖 고생을 다 겪다시피 하였으나, 그대 같은 호걸은 이제 처음 보는구려."

자라가 말하였다.

"그대의 연세가 얼마나 되기에 그다지 경력이 많다 하오?"

토끼가 말하였다.

"내 나이를 알려면 육갑(六甲, 육십갑자[六十甲子], 60년)을 몇 번이나 지냈는지 모를 것이오. 소년 시절에 달나라 궁궐에 가 계수나무 밑에서 약방아 찧다가 유궁후예(有窮后羿, 중국 하나라 요 임금의 신하. 신선 세계에 올라가 불사약과 불로초를 구하였다 함)의 부인이 불로초를 얻으러 왔기로 내가 얻어 주었으니 이로 보면 삼천갑자 동방삭(東方朔, 중국 한나라 무제 때의 사람. 서왕모의 복숭아를 훔쳐 먹고 장수함)은 내보다 한참 아래요, 팽조(彭祖, 요 임금의 신하로 은나라 말까지 7백여 년을 살았다는 신선)의 많은 나이를 내게 대하면 입에서 젖내가 나는 사람이요, 종과 주인이라. 이러니 내가 그대에게 수십 갑절 할아비가 되는 어른이 아니신가."

자라가 말하였다.

"그대의 말이 자칭 왕이라 하는 것과 다름이 없소. 어떻든지 내가 이왕 한 일을 대강 말할 것이니 좀 들어 보오. 모르면 모르지만 아마 놀라기가 십상팔구 될걸. 어찌 그러한고 하니, 반고씨(盤古氏, 천지개벽 때 처음으로 세상에 나왔다는 전설 속의 천자) 생신날에 미역을 내가 주었고, 천황씨(天皇氏, 중국 태고 시대의 전설적인 인물. 삼황 중의 한 사람)가 황제가 되었을 때 술안주의 어물 진상을 내가 하고, 신농씨(神農氏, 중국의 전설 속의 제왕으로 삼황의 한 사람. 백성에게 경작을 가르친 데서 신농이라고 함)가 장기 내고 온갖 풀을 맛보아서 의약을 마련할 때 내가 역시 참견하고, 헌원씨(軒轅氏, 오제 가운데 황제[黃帝]의 다른 이름)가 배를 만들 때 목방(木房, 목수들이 일하는 곳) 패장(牌將, 일터에서 일꾼을 거느리는 사람) 내가 했소. 탁록(涿鹿)이라는 들판에서 치우(蚩尤, 중국 전설 속의 인물. 난리를 일으켜 황제와 탁록에서 싸우다가 패하여 잡혀 죽었다 함)가 싸울 때 내가 돌기를 추천하여 치우를 잡게 하고, 요 임금의 〈강구(康衢) 노래〉(요 임금이 나라를 다스린 지 50년이 되어 민심을 살피려고 나온 길에 번화한 네거리에서 놀고 있던 아이들이 불렀다는 노래) 지금까지 즐기고, 순 임금의 〈남풍가(南風歌)〉(순 임금이 오현금을 만들고 지었다는 노래)는 어제 들은 듯 즐거워라. 우 임금이 구 년 홍수 다스릴 때 그 공덕을 내가 찬성(贊成, 어떤 일을 도와서 이루어지도록 함)하고, 탕 임금이 상림(桑林, 탕 임금이 즉위한 후 칠 년간 가뭄이 들자 비를 빌던 숲) 들에서 비를 내려 달라고 빌던 일이며, 주나라 문왕, 무왕과 주공의 찬란하던 예악(禮樂, 예법과 음악), 문물 등이 다 눈에 역력하고, 서해 바다 태평양에 유람 갔다가 굴원이 멱라수에 빠질 때 구하지 못한 것이 지금까지 한(恨)이라오. 이로 헤아려 보면 나는 그대에게 수백 갑절 큰 어른이 아닌가? 그러나저러나 재담은 그만 두고 세상 재미나 서로 이야기하여 보세."

토끼와 자라가 각자 육지와 바다의 자랑을 늘어놓다

토끼가 말하였다.

"인간 재미를 말하고 보면, 형이 재미가 나서 오줌을 졸졸 쌀 것이니 더 둥글넓적한 몸이 오줌에 빠져서 허우적거리느라고 헤어나지 못할 것 이니 그 아니 불쌍한가?"

하니, 자라가 청하였다.

"어찌하였던지 대강 말하라."

토끼가 말하였다.

"깊은 산 풍경 좋은 곳에 산봉우리는 칼날같이 하늘에 꽂혔는데 산을 등에 지고 물이 앞에 흐르니 앞에는 봄물이 온갖 연못에 가득 차고, 여 름 구름이 기이한 봉우리에 많구나. 명당에 터를 닦고 초당 한 칸 지어 내니, 반 칸은 시원한 바람이요, 반 칸은 밝은 달이라. 뒷산에서 약을 캐 고 앞쪽 냇가에서 고기 낚아 입에 맞고 배부르니 이 아니 즐거운가? 몸 이 구름과 같이 세상 시비 없고 보니 내 자취를 그 누가 알리.

병 없이 성한 이 내 몸이 태평성대에 한가한 백성이 되니, 중도 아니 며 속된 사람도 아니요, 오직 이 땅의 신선이라. 강산 풍경을 마음대로 즐긴다고 그 누가 뭐라 하겠는가.

배꽃과 복숭아꽃 만발하고 푸른 버들 휘어지는데 동서남북 미인들은 시냇가에 늘어앉아 고운 손을 넌지시 들어 한가로이 빨래할 때의 모습은 요지연(瑤池宴, 요지에서 벌어진 잔치. 요지는 중국 곤륜산에 있다는 연못)과 비슷하고, 어진 오월이라 단오일에 신록이 우거지고 미인들이 버들가에 그네 매고 짝지어 그네 뛰는 모양은 광한루(전라북도 남원에 있는 누각. 「춘향전」에서 이도령과 춘향이가 만난 곳으로 유명하다)의 경치가 분명하다. 풍류호걸 이 내 몸이 저러한 절대가인(絶對佳人, 절세미인. 당대에 견줄 만한 인물이 없는 미인) 구경하니 아마도 세상 재미는 나뿐인가 하노라."

자라가 말하였다.

"허허, 우습구나. 우리 수궁 이야기 좀 들어 보소. 오색 구름 같은 곳에 진주궁과 자개 대궐 공중에 솟았는데 해와 달이 명랑하다. 이 가운데 날마다 잔치요, 잔치마다 풍류로다. 연꽃 같은 용녀들은 쌍쌍이 춤을 추며 천일주와 포도주며 금강초 불사약을 유리병과 호박잔에 신선하게 담고 담아, 대모소반(玳瑁小盤, 거북의 등껍데기로 만든 작은 밥상) 받쳐다가 갖가지 늘어놓고 잡수시오 권할 때 기분이 좋고 황홀하니 헛장단이 절로 난다.

이때 순 임금의 두 아내 아황과 여영의 비파 소리는 울적한 마음을 풀어 주고, 길 건너 장사하는 계집아이의 부르는 〈후정화(後庭花)〉(중국 진[陳]나라 후주[後主]가 지은 악곡의 이름) 곡조는 울적함을 더하게 하는구나. 초나라 강과 오나라 물에서 고기 잡는 어부들은 뱃노래를 주고받고, 연못에서 연 캐는 처녀들은 상사곡(相思曲, 남녀 사이의 사랑을 주제로 한 노래)을 노래하니, 아마도 별천지는 바다뿐이로다.

그러나 나의 말은 다 정말이요, 그대 하는 말은 백 가지에 한 가지도

취할 것 없이 흉한 말은 감추고 좋은 말만 자랑하니, 그 형식으로 꾸며 냄을 내 어찌 모르리오. 그대 신세 생각하니 여덟 가지 어려움을 면하기 어렵구나. 두 귀를 기울이고 자세히 들어 보라.

동지섣달 추운 겨울에 흰눈은 흩날리고 층암절벽 빙판 되며 첩첩산중 높은 봉우리가 막혔으니 어디 가서 지낼까. 이것이 첫째로 어려움이오.

돌구멍 찬 자리에 먹을 것 전혀 없어 콧구멍을 핥을 때 냉한 땀이 질질 흘러 온몸이 불편할 때는 제 팔자 타령 절로 나니, 이것이 둘째로 어려움이오.

오뉴월 삼복 가운데 산과 들에 불이 나고 시냇물이 끓을 때에 산에서는 기름내고 털끝마다 누린내라. 짧은 혀를 길게 빼고 급한 숨을 헐떡일 때 그 사정이 오죽할까. 이것이 셋째로 어려움이오.

봄바람이 한창일 때 풀잎이나 뜯어먹자 하고 산간으로 들어가니 갑자기 독한 독수리가 두 날갯죽지를 옆에 끼고 살 쏘듯이 달려들면 제 두 눈에 불이 나고 작은 몸이 솟구쳐 바위틈으로 들어갈 때 혼비백산(魂飛魄散, 혼백이 날아 흩어진다는 뜻으로, 몹시 놀라 어찌할 바를 몰라 함을 이르는 말)할 테니 가련하다. 이것이 넷째 어려움이오.

천방지축 달아나서 조용한 데 찾아가니, 매 쫓는 사냥꾼은 높은 봉에 우뚝 서서 근력 좋은 몰이꾼 시켜 냄새 잘 맡는 사냥개를 워리 하고 부르면 동에도 가고 서에도 가며 급히 쫓아올 때, 발톱이 뭉그러지며 진땀이 바짝 나니, 이것이 다섯째 어려움이오.

죽을 뻔한 후에 사냥꾼이 일자총(한 방으로 바로 맞히는 좋은 총)을 메고 길목에 질러 앉았다가 총에 탄환을 넣고 염통 줄기를 겨냥해 방아쇠를 당기면, 놀란 가슴으로 간신히 도망하여 숨을 곳을 찾아가니 죽을 뻔한 댁이 그대 아닌가. 이것이 여섯째 어려움이오.

알뜰히 고생하고 숲 속으로 들어가니 얼숭덜숭한 커다란 호랑이가 철사같이 모진 수염을 위엄 있게 쓰다듬으며 웅크려서 가는 거동, 에그 참 말 무섭구나. 소리는 우레 같고 대가리는 큰 산만 하며 허리는 반달 같고 터럭은 불빛이라. 칼 같은 꼬리를 이리저리 두르면서 주홍 같은 입을 열고, 써레(갈아 놓은 논의 바닥을 고르는 데 쓰는 농기구) 같은 이빨을 딱딱이며, 번개같이 날랜 몸을 동서남북 번뜩이며 좌우로 충돌하여 이 골 저 골 다니며 돌도 툭툭 받아 보며 나무도 똑똑 꺾어 보니, 위풍이 늠름하고 풍채도 씩씩하여 당당한 산의 임금이라. 제 용맹을 버럭 써서 횃불 같은 두 눈깔을 번개같이 휘두르며 톱날 같은 앞발을 떡 벌리고 숨을 한 번 씩 하고 쉬면, 수목이 왔다 갔다 하고, 소리 한 번 응 하고 지르면 산악이 움죽움죽할 때 정신이 아득하니, 이것이 일곱째 어려움이오.

죽을 것을 면한 후에 넓은 광야로 도망하니, 나무 베는 목동이며 소 먹이는 아이들은 창검과 몽치를 들고 달려들어 시끄럽게 떠들며 치려 할 때 목구멍에 침이 말라 이리저리 도망하니, 이것이 여덟째 어려움이오.

이렇듯 어려울 때 무슨 경황에 삼신산에 가 불로초를 먹으며 동정호에 가 목욕할까. 그대의 말은 다 스스로 영웅이라 하는 것이니 그 아니 가소로운가. 아마도 실없는 중 땅강아지 아들 자네로세. 그러나 이것은 실없는 농담이니 과히 노여워하지는 마시오."

토끼가 다 들은 후에 할 말이 없어 하는 말이,

"소진(蘇秦, 중국 전국 시대의 전략가. 진나라에 대항하고자 육국[六國]에 합종책을 설득하여 성공시켰음. 말을 잘하는 사람을 가리킴)와 장의(張儀, 중국 전국 시대의 변론가. 연횡책을 내세워 소진의 합종책을 깨뜨렸음. 말 잘하는 사람을 가리킴)의 말솜씨를 닮았는지 말씀도 잘도 하고, 소강절(邵康節, 중국 송나라의 학자 소옹[邵雍]을 말함. 강절은 시호임)이 운수를 미리 헤아리듯이 알기도 잘 하오. 남의 약점을 너무 밝히지 마시오. 듣는 이도 생각이 있다오. 세상의 대군자 공자(孔子)도 진채(陳蔡)에서 봉변을 당하시고(공자가 진나라와 채나라 경계에서 군사에게 포위되고 양식이 떨어져 곤경을 당한 적이 있음), 천하장사 초패왕도 큰 연못에 빠졌으니, 재앙과 복이 다 하늘에 있는데, 그대는 용궁에서 호강깨나 한다고 산속에 묻혀 사는 선비인 나를 그다지 괄시하니 무슨 까닭인지 도무지 알 수 없소."

자라가 말하였다.

"그런 것이 아니라 친구끼리 좋은 도리로 서로 권하려 하는 것이오. 옛글에 이르기를 위태한 방위에는 들어가지 말고 어지러운 나라에는 있지 말라 하였는데, 그대는 어찌하여 이같이 어수선한 세상에서 사는가. 이제 나를 만나 기회가 좋으니 이 요란한 세상을 떠나서 나를 따라 용궁에 들어가면 신선이 사는 곳도 구경하고, 천도(天桃) 반도(蟠桃, 하늘나라에 있다고 하는 신선 복숭아) 불사약과 천일주, 감홍로, 삼편주(三鞭酒)를 매일 마시고, 궁궐 같은 높은 집에 선녀들의 벗이 되어 마음대로 노닌다면 세상의 고통과 즐거움을 조금이라도 생각할 수 있겠는가?"

토끼가 그 말 듣고 수상히 여겨,

"어허, 싫다."

하고 고개를 흔들면서 말하였다.

"그대 말은 비록 좋으나 위태하겠는걸. 속담에 이르기를 노루 피하면 범 만난다 하고, 부처의 명령은 독 안에 들어가도 못 면한다 하였으니, 육지에서 살다가 어찌 공연스레 수궁에 들어가리오. 수궁 고생이 육지 고생보다 더하지 말라는 게 어디 있으며, 또는 제일 당장 첫째 고생이 두 콧구멍 멀쩡게 뚫렸지만 호흡을 통치 못할 터이니 세상 만물이 숨 못 쉬고 어이 살며, 사지가 멀쩡하여도 헤엄칠 줄 모르거니 만경창파 깊은 물을 무슨 수로 건너갈꼬. 팔자에 없는 남의 호강을 부질없이 욕심을 내어 이 세상을 떠나서 그대를 따라 수궁에 들어가다가는 필연코 칠성(七星) 구멍(눈, 귀, 코, 입에 해당하는 일곱 개의 구멍)에 물이 들어 할 수 없이 죽을 것이니, 이 내 목숨 속절없이 고기 배때기 속에 장사 지내면 임자 없는 내 혼백이 바닷물 속에서 외로운 영혼이 되어, 물고기를 벗삼아 굴삼려(屈三閭, 초나라의 충신 굴원[屈原]. 삼려대부의 직분을 맡았으므로 굴삼려라고 함)와 짝지어 속절없이 지내게 되면, 일가 친척 자손 중에 그 누가 나를 찾을까. 아무리 백천만 가지로 생각하여도 십 분에 팔구 분은 위태한걸. 콩으로 메주를 쑤고 소금으로 장을 담근다 하여도 도무지 곧이 들리지 아니 하니 다시는 그 따위 말로 권하지 말게."

자라가 토끼를 설득하다

자라가 웃으며 말하였다.

"그대는 매우 고루하오(보고 들은 것이 적고 마음이 좁소). 한 가지만 알고 두 가지는 알지 못하는구려. 옛글에 강에서 먼 곳을 갈대 하나로 건너간다 하였소. 이에 조주의 선비인 여선문(餘善文, 중국의 소설 「전등신화[剪燈新話]」에 등장하는 인물)은 광리궁(廣利宮, 남해 용왕 광리왕의 궁전)에 들어가서 상량문(上樑文, 건물을 지을 때 대들보를 올리는 상량제 때 사용하는 축문)을 지어 주고, 천하 문장 이태백은 고래를 타고 달 건지러 들어가고, 삼장법사(三藏法師, 중국 당나라의 중 현장. 인도에 가서 불경을 가져왔음. 고전소설 『서유기』의 등장인물이기도 함)는 약수(弱水, 신선이 살았다는 중국 서쪽의 전설적인 강) 삼천 리를 건너가서 대장경을 가져오고, 한나라 사신 장건(張騫, 중국 한나라의 외교가이자 탐험가)은 뗏목을 타고 은하수에 올라가서 직녀의 지기석(支機石, 직녀가 베틀이 움직이지 않도록 받쳤다고 하는 돌)을 주워 오고, 서왕세계(西往世界, 서방정토, 곧 불교에서 말하는 극락) 아란존자(阿蘭尊者, 석가모니의 사촌동생이자 10대 제자 가운데 한 사람)는 연잎에 거북을 타고 드넓은 바다를 임의로 헤쳐 나갔다오. 저의 목숨이 하늘에 달렸거든 공연히 죽을 수 있나. 대장부 되어 태어나서 지금까지 옹졸할까? 무릇 군자는 사람을 못 쓸 곳에 천거하지 않는다 하니 어찌 그대를 몹쓸 곳에 가라 하리오.

맹자가 말하기를 군자는 속을 듯한 방술로 속인다 하고, 또 어지러운 나라에 있지 아닐 것이라 하였으니, 이 점잖은 체면에 거짓말을 하겠나. 많은 재물에다 높은 벼슬을 주고, 밥 위에 떡을 얹어 준다 할지라도 아니할 것이오. 하물며 아무 해도 없고 이익도 없는 일에 무슨 억하심정(抑何心情, '무슨 생각으로 그러는지 그 심정을 알 수 없음'을 이르는 말)으로 위태한 지경에 빠지게 하리오.

또 그대의 상을 보니 미색이 누릇누릇 헷득헷득하야 금빛을 띠었으니 이른바 물과 잘 어울려 조금도 염려 없고, 목이 기니 고향을 바라보고 타향살이 할 기상이요, 얼굴 아래쪽이 뾰족하니 위로 구하면 모든 일이 극히 어려우나, 아래로 구하면 잘 풀려서 모든 일이 크게 잘될 것이요, 두 귀가 희고 잘생겼으니 남의 말을 잘 들어 부귀를 할 것이요, 미간이 탁 트여 화려하니 용문에 올라 이름을 빛낼 것이요, 목소리가 평안하니 평생에 험한 일이 없을 것이오.

그대의 생김새가 이와 같이 여러 가지 갖추었으니, 이제부터 부귀영화가 끊임없을 것이오. 이러한 풍채와 배포는 천하의 제일이요, 당시에 제일 가는 영웅호걸이나, 그대가 마치 팔팔 뛰는 버릇이 있음으로 본토에만 묻혀 있어서는 이 위에 여러 가지 복과 즐거움을 결코 한 가지도 누리지 못하고, 도리어 전과 같이 곤란한 재앙만 돌아올 것이오. 본토를 떠나 바깥 세상으로 뛰어가야만 분명코 모든 일이 잘될 것이오. 내 말을 털끝만큼이라도 의심치 말고 이 좋은 기회에 나와 함께 수궁으로 들어가도록 합시다. 정말이지 나와 같이 친구 잘 인도하는 사람을 만나 보기도 그대 평생 처음일 거요. 토선생 댁에 참으로 길한 별이 비치었소."

토끼가 말하였다.

"나의 기상도 이와 같이 뛰어난 데다 형의 관상하는 법 또한 신통하구면. 그런데 수요궁달(壽夭窮達, 오래 삶과 일찍 죽음, 궁핍함과 부유함)이라 하는 것이 다 관상 보는 사람이 하는 말대로 되는 일이 없소. 부자가 될 상이면 태산 상상봉 백운대 꼭대기에 누웠어도 재물이 절로 와서 부자 되며, 오래 살 상이면 걸주(중국 하나라의 걸 임금과 은나라의 주 임금. 폭군의 대표자)의 포락(炮烙, 불에 달군 뜨거운 쇠로 단근질하는 극형)하는 형벌을 당하여도 살아날 수 있겠는가? 누구든지 제 관상만 믿고 행동하다가는 패가망신할 것이 분명하오."

자라가 말하였다.

"그대는 저물도록 무식한 말만 하는구려. 누구든지 자기 관상대로 되는 것이니, 진짜 증거가 있으니, 융준용안(隆準龍眼, 우뚝한 코와 부리부리한 눈) 한태조(한고조 유방)는 사상(泗上, 유방이 젊은 시절 살았던 사수[泗水] 지방의 정장(亭長, 지방 말단 관직)으로 창업한 임금이 되셨고, 용자일표(龍姿逸飄, 뛰어나고 깨끗한 몸매) 당태종은 서생으로 나라를 얻었고, 백면대이(白面大耳, 하얀 얼굴에 커다란 귀) 송태조는 필부(匹夫, 보잘것없는 사내)로 천자가 되었고, 금반대(金盤大, 얼굴이 금빛으로 큰 것을 말함) 채택(蔡澤, 중국 전국 시대의 정치가로 진나라 소왕에게 객경으로 발탁되었다가 범수 대신 재상이 되었음)이는 범수(範睢, 전국 시대 위나라의 변설가로 진나라 소왕에게 원교근공책[遠交近攻策]을 건의하여 제후를 침략하였음)를 대신하여 정승이 되었소. 그 외 여러 영웅호걸들이 다 관상대로 되었으니 왕후장상(王侯將相, 제왕·제후·장수·재상)이 어찌 씨가 있다 하리까?

옛말에, 범의 굴에 들어가지 아니하면 어찌 범의 새끼를 얻으리오 하였으니, 대장부가 세상에 나서 자기 일신 사업을 하는데, 되면 좋고 아니 되면 말자 하고 분명히 할 것이지, 그까짓 것 무엇이 무서워서 계집아이 태도처럼 요리 빼고 조리 빼고 저물도록 시간만 헛되이 낭비하리오. 그대가 바위 구멍에 홀로 있어 무정한 세월을 보내고 초목과 같이 썩어지면 누가 토처사가 세상에 나 있는 줄 알겠는가. 이는 형산에 흰 옥이 진토 중에 묻힌 꼴이니, 영웅호걸이 초야에 묻혀 있어 때를 만나지 못함이라.

도토리와 풀잎이며 칡순과 잔디 싹이 그다지 좋은가? 천일주와 불사약에 비하면 어떠하며, 돌구멍 찬 자리에 벗 없이 누웠음이 또한 그리 좋은가? 분벽사창(粉壁紗窓, 아름답게 꾸민 방에 얇은 비단을 바른 창)을 반쯤 열고 운문병풍(雲紋屛風, 구름 무늬 병풍) 그림 속에 원앙금침 비단 요와 절대가인 벗이 되어 밤낮으로 즐기는 그 즐거움에 비한다면, 과연 어떠하겠느냐? 그대의 하는 말은 졸장부의 말이요, 내가 하는 말은 당당한 정론 아닌가? 갖가지로 의심하며 망설이는 자는 예로부터 하는 일마다 잘되지 않는 법이라.

옛날에 한신(韓信, 중국 한나라의 개국공신)이가 괴철(蒯徹)의 말을 듣지 않다가 팽구(烹狗)의 화(교토사주구팽[狡兎死走狗烹]에서 나온 말. 산에 있는 토끼를 다 잡으면 사냥개를 삶아 먹는다는 뜻)를 당하고, 대부 종(種, 중국 춘추 시대 조[趙]나라의 대부 문종[文種])이 범려(范蠡, 중국 춘추 시대 월나라의 재상)의 말을 들었던들 사검(賜劍)의 환(문종은 범려와 함께 월나라 왕 구천의 공신. 대업이 이루어진 뒤 범려는 벼슬을 버리고 떠났으나 그의 말을 듣지 않고 남은 문종은 구천이 보낸 칼로 자결함)을 당하지 않았을 것이오. 내 어찌 전에 일을 증거 삼아 훗날의 일을 하지 않겠는가. 이제 내 말을 듣지 아니하고 후일에 나를 보고자 한다면 그대의 고(故, 돌아가신) 고조(高祖)가 다시 살아 온다고 해도 정말 할 수 없소. 때는 한 번 가면 다시 오지 않는 것이오. 후회한들 무엇하리오. 세상 인심은 처음 좋아하다가 나중 되면 헌 신같이 버리지만, 우리 수부는 동무를 한 번 추천하면 처음과 끝이 한결같으니 세상에 나서기 이렇게 좋은 곳은 구하여도 얻지 못하리라."

토끼가 자라 말에 속아 넘어가다

토끼가 이 말을 들으니 마음이 든든해져 쌩긋쌩긋 웃으며 말하였다.

"내 형을 보니, 이 시대의 사람은 아니로군. 생각하는 뜻이 넓고 마음이 착하여 위인이 관대하니 평생에 남을 속이겠는가? 나같이 떠도는 인생을 좋은 곳에 추천한다 하니 감격스러우나 수궁에 들어가서 벼슬하기가 쉽겠소?"

자라가 이 말을 듣고 웃으며 속으로 생각하였다.

'요놈 인제야 속았구나.'

하고 기뻐하며 대답하였다.

"그대가 오히려 경력이 적은 말이로군. 역산(歷山)에서 밭 갈던 순 임금도 당요(唐堯, 요 임금)의 천자 자리를 이어받고, 위수에서 고기 낚던 강태공(姜太公, 중국 주나라 초기의 정치가. 위수 강가에서 낚시를 하다가 문왕을 처음 만나 그의 책사가 되었음)도 주문왕의 스승이 되고, 산야에 밭 갈던 이윤(伊尹, 중국 고대 전설 속의 인물. 탕왕을 보좌하여 하[夏]의 걸왕을 멸망시키고 어진 정치를 베풀었음)도 탕 임금의 아형(阿兄, 형을 친근하게 부르는 말)이 되었으니, 수궁이나 인간 세상이나 세상에 나가기는 다 같소. 그러므로 밝은 임금이 신하를 가리고 어진 신하가 임금을 가리는 것이오. 우리 왕은 매우 믿음직하시고 다방면에 뛰어나 한 가지 능력과 한 가지 지조가 있는 선비라도 벼슬 직책을 맡기시고, 닭처럼 울고 개처럼 도적질하는 자도 버리지 아니하시오. 그래서 나같이 재주 없는 인물로도 벼슬이 주부 일품 자리에 있소. 하물며 그대같이 이름난 자야말로 들어가면 수군절도사는 따놓은 당상(떼어 놓은 당상. 어떤 일이 확실하여 틀림없이 계획된 대로 진행됨을 이르는 말. '당상관 벼슬을 떼어서 따로 놓았다'는 말에서 유래됨)이지 어디 가겠나. 바로 토끼 가문 중에 시조(始祖, 한 집안이나 계통의 처음이 되는 사람) 되기는 조금도 어렵지 않을 것이오."

토끼가 웃으며 말하였다.

"형의 말은 그럴싸하나 내가 어젯밤 꿈이 불길하여 마음이 꺼려지는 구려."

자라가 말하였다.

"내가 젊어서 조금 해몽하는 법을 배웠으니 그대의 꿈 이야기를 듣고 싶소."

토끼가 말하였다.

"칼을 빼서 배에 대고 몸에 피칠을 하여 보이니, 아마도 좋지 못한 일을 당할까 염려스럽소."

자라가 꾸짖으며 말하였다.

"매우 좋은 꿈을 가지고 공연히 걱정하는구려. 배에 칼을 대었으니 칼은 금(金)이라 금띠를 띨 것이요, 몸에 피칠을 하였으니 홍포(紅袍, 조선시대 3품 이상의 관원의 복장)를 입을 징조라. 한 나라에서 명성이 높아 팔방에까지 떨치리니, 이 어찌 성공할 길한 꿈이 아니며 부귀할 좋은 꿈이 아니겠소. 그대의 꿈은 꿈 중에 제일 가는 꿈이니, 수궁에 들어가면 모든 사람 위에 있을 것이라. 그 아니 좋겠는가."

토끼가 점점 곧이듣고 점점 달려들며 기쁜 얼굴빛으로 말하였다.

"노형의 해몽하는 법은 참 귀신 아니면 도깨비요. 소강절 이순풍(李淳

風, 중국 당나라의 천문학자)이 다시 살아 온들 이보다 더하겠는가. 아름다운 몽조가 이미 나타났으니 내 부귀는 어디 가랴. 떼어 놓은 당상은 좀이나 먹지. 그러나 드넓은 바다와 푸른 물결을 어찌 헤쳐 나갈 것인가?"

자라가 기뻐하며 말하였다.

"그대는 조금도 염려 마시오. 내 등에만 오르면 아무리 심한 풍파라도 물에 빠질 염려 전혀 없이 순식간에 도착할 터이니, 그런 걱정은 행여 두 번도 마시오."

토끼가 웃으며 말하였다.

"체면과 도리가 있지, 형을 타는 것이 어찌 미안하지 않겠소? 어찌하여야 좋을는지요?"

자라가 크게 웃었다.

"형이 오히려 고지식하오. 우리 이제 함께 들어가면 일생 함께 지낼 것이니 무엇이 미안하겠는가?"

토끼가 크게 기뻐하며 말하였다.

"형의 말대로 될 것 같으면 높은 은덕이 백골난망(白骨難忘, 죽어 백골이 된다 하여도 은혜를 잊을 수 없음)이겠소. 이 세상 천하에 못 당할 노릇이 있으니 저 몹쓸 사람들이 일자총을 둘러메고 보챌 때, 송편으로 목을 따고 접시 물에 빠져 죽고 싶은 적이 한두 번이 아니었소. 내 큰 아들놈은 나무 베는 아이에게 죄없이 잡혀가서 구메밥(죄수에게 벽구멍으로 몰래 들여보내는 밥)을 얻어먹으며 감옥에서 갇혀 있은 지 지금까지 칠팔 년이나 되었는데 풀려날 가망이 없다오. 둘째 아들놈은 사냥개한테 물려가서 까막까치 밥이 된 지 지금 여러 해 되었소. 그 일을 생각하면 갈수록 더욱 절치부심(切齒腐心, 몹시 분하여 이를 갈고 속을 썩임)하여 어찌하면, 이 원수의 세상을 떠날까 하며 밤낮으로 생각하였다오. 천만뜻밖에 그대 같은 군자를 만나 어두운 데를 버리고 밝은 곳으로 가게 되었으니, 이는 참 하늘이 지시하시고 귀신이 도우심이라. 성인이라야 능히 성인을 안다 하였으니, 나같은 영웅을 형 같은 영웅이 아니면 어찌 알겠소? 하늘에서 내리신 영웅이 형이 아니었다면 헛되이 산중에서 늙을 뻔하였소. 또한 내가 아니었다면 수중 백성들이 어진 관원을 만나지 못할 뻔하였소. 이번 내 길이 내게도 영광이지만 수중에서 어찌 경사가 아니리오? 옛 사람이 말하기를 하늘에서 내 재주를 내며 반드시 싸움이 있다 하더니 내게 당하여 참 빈말이 아니로군."

하며 의기가 양양하여 자라 등에 오르려 할 때에, 저 바위 밑에서 너구리 달첨지가 썩 나서서,

"토끼야, 너 어디 가느냐? 내 아까 풀 옆에 누워서 너희 둘이 하는 이야기를 처음부터 끝까지 대강 들었지만 아무래도 위험하구나. 옛말에 위태한 지방에 들어가지 말라 하였고, 분수를 지키면 몸에 욕이 없다 하였으니, 저같이 졸지에 남의 부귀를 탐내고야 나중 재앙이 어찌 없겠는가? 고기 배때기에 장사 지내기가 쉬울 거다."

라고 말하였다. 토끼가 이 말을 듣더니 두 귀를 쫑긋하며 시름없이 물러날 때, 자라가 가만히 생각하니,

'원수의 몹쓸 놈이 남의 큰 일을 방해하니 참 이른바 좋은 일에 마(魔, 일이 잘되지 아니하게 헤살을 부리는 요사스러운 장애물)가 드는 것이로군.'

하며 하는 말이,

"허허, 우습구나. 그대가 잘되고 보면 오히려 내가 술잔이나 얻어먹는다 하겠지만, 죽을 곳에 들어가는데야 더구나 내게 무슨 좋을 일이 있겠는가? 달첨지가 토선생 일에 대하여 꽃밭에 불 지르려고 왜 저리 배 아파하는가. 제 어디 실없는 똥 떼어 먹을 놈이 다시 그 일에 대하여 말하겠나."

하고 썩 물러나며 하는 말이,

"유유상종(類類相從, 비슷한 사람들끼리 어울림)이라더니, 모인다니 졸장부뿐이라. 부귀가 저희에게 아랑곳 있나?"

하며 대단히 비난하고 작별하려 하니, 토끼가 생각하니,

'하늘이 도우시어 이렇게 좋은 기회를 만났으니 때를 잃을 수는 없지.'

하고 자라에게 달려들어 두 손을 덥석 쥐며 하는 말이,

"여보시오, 별주부. 천하 사람들이 별말을 다한다 하여도 일단 내 말이 제일이오니, 형이 어찌하여 이다지 그리 경솔하시오? 죽어도 내가 죽고 살아도 내가 살 것이니 아무 염려 말고 가십시다."

하니, 주부가 말하였다.

"형의 마음이 굳건하여 변하지 않는다면 내 어찌 꾀를 조금이나 부리리오."

하고, 토끼를 얼른 등에 얹고 물로 살짝 들어가 만경창파를 놀리며 소상강을 바라보고 동정호로 들어갈 때, 토끼가 흥에 겨워 혼자 하는 말이,

"세상의 번화한 거리, 서울 장안 곳곳에 있는 벗님네야. 사람마다 백년을 산다 하여도 걱정 근심과 생로병사(生老病死)를 빼고 보면 태평 안락한 날이 몇 해가 못 되는 것이라. 천백 년을 못 살 인생 아니 놀고 무엇

하리. 소상 동정의 무한한 경치를 나와 함께 즐겨 보세."

이렇게 세상을 배반하며 흥을 겨워 가는 모습이 마치 칼 첨자(鐵子, 장도[粧刀]가 칼집에서 헐겁게 빠지지 않도록 하는 장식품)에 개구리요, 대부등(大不等, 아름드리의 아주 굵은 나무)에 뱀이었다. 엉큼한 것은 별주부요, 어리석은 것은 토끼였다. 자라의 헛된 말을 꿀같이 달게 듣고, 서왕세계(서방정토. 극락) 얻자 하고 지옥으로 들어가며, 첩첩 청산 버려 두고 수궁의 외로운 넋이 되러 가니 불쌍하고 가련하다. 붉은 고기 한 덩이로 용왕에게 진상(進上, 높은 사람에게 바침) 간다. 한 마리 자라의 거침없는 말솜씨에 그 약은 체하던 경박한 토끼가 속았구나.

용궁에 들어가 잡힌 토끼가 꾀를 내어 목숨을 건지다

자라가 의기양양하여 범이 날개 돋친 듯, 용이 여의주 얻은 듯이 기운이 절로 나서 바닷속으로 순식간에 들어갔다. 용궁에 도착한 토끼가 내려 사방을 살펴보니, 천지가 밝고 일월이 고요한데, 진주로 꾸민 집과 자개로 지은 대궐은 공중에 솟았으며, 수놓은 문지게(지게문. 마루에서 방으로 드나드는 곳에 안팎을 두꺼운 종이로 바른 외짝문)와 비단으로 바른 창이 영롱하고 찬란하였다. 속으로 혼자 기뻐 제가 젠체하더니, 이윽고 한편에서 수근쑥덕하며 수상한 기색이 있자, 토끼가 혼자 속으로 생각하였다.

'무너져도 솟아날 구멍이 있다 하나, 참 나야말로 속수무책이로구나. 그러나 병법에서 죽을 땅에 빠진 후에 살고 망할 때에 든 후에 이어진다고 하였다. 천하에 큰 성인 주문왕은 유리옥(羑里獄, 주문왕이 폭군 주왕에게 유폐되었던 유리 지방의 감옥)을 면하시고, 도덕이 높은 탕 임금은 하대옥(夏臺獄, 탕 임금이 폭군 걸왕에게 유폐되었던 하대의 감옥)을 면하시고, 만고성인 공부자(공자)도 진채의 액을 면하셨으며, 천고영웅 한태조도 형양(滎陽)의 포위를 벗어났으니, 설마하니 이 내 몸을 한꺼번에 삼키겠는가.'

아무렇든지 차차 하는 거동 보아 가며 감언이설(甘言利說, 귀가 솔깃하도록 남의 비위를 맞추거나 이로운 조건을 내세워 꾀는 말)과 신출귀몰한 꾀로 임시변통하여 목숨을 보전하고, 손발을 바싹 웅크리고 죽은 듯이 엎드렸더니, 홀로 왕이 분부하여,

"토끼를 잡아들이라."

하니, 수중 물고기가 일시에 달려들어 토끼를 잡아다가 정전(正殿, 왕이 나와서 조회를 하던 궁전)에 꿇리고, 용왕이 명령을 내렸다.

"과인이 병이 중한데 백약이 무효하더니, 하늘이 도와 도사가 말하기를, 네 간을 얻어먹으면 살아나리라 하기로 너를 잡아왔으니, 너는 죽기를 슬퍼 말라."

하고, 군졸을 명하여 간을 꺼내라 하니, 군졸이 명을 받들고 일시에 칼을 들고 날쌔게 달려들어 배를 단번에 째려 하였다. 토끼 기가 막혀 달첨지 말을 돌이켜 생각하나 후회막급(後悔莫及, 일이 잘못된 뒤에 아무리 뉘우쳐도 소용이 없음)이었다.

'도대체 약명을 일러 주던 도사 놈이 나와 무슨 원수인가? 소진의 말솜씨라도 욕심 많은 저 용왕을 무슨 수로 꾀어내며, 관운장(關雲長, 관우. 중국 삼국시대 촉한의 무장)의 용맹이라도 서리 같은 저 칼날을 무슨 수로 벗어나며, 요행 혹 벗어난다 한들 만경창파 넓은 물에 무슨 수로 도망할

까? 가련하다 이 내 목숨 속절없이 죽었구나. 백계무책(百計無策, 있는 꾀를 다 써 봐도 별수 없음)이니 어이하리.'

하며 이리저리 생각하다가, 문득 한 꾀를 얻어 가지고 마음을 대담하게 고개를 번쩍 들어 왕을 바라보며,

"이왕 죽을 목숨이오니 한 말씀이나 아뢰고 죽겠나이다."

하고 말하였다.

"토끼 족속이란 것은 본시 곤륜산 정기로 태어나서, 온몸을 달빛으로 환생하여 아침 이슬과 저녁 안개를 받아먹고, 고운 꽃과 풀, 좋은 물을 찾아 명산을 두루 다니면서 늘 먹기 때문에 오장육부와 심지어 똥집, 오줌통까지라도 다 약이 된다 합니다. 그래서 막걸리 바람둥이들을 만나면 간 달라고 보채는 그 소리에 대답하기가 참으로 괴로운데, 간 붙은 염통 줄기를 모두 다 떼어 내어 청산유수 맑은 물에 설레설레 흔들어서, 높은 봉우리와 깊은 골짜기에 깊이깊이 감추어 두고 아무 생각 없이 왔사오니, 배가 아니라 온몸을 모두 다 발기발기 찢는다 할지라도, 간이라 하는 것은 한 점도 얻어 볼 수 없을 터이오니, 어찌하면 좋을는지?

저 미련한 별주부가 거기에 대하여 한마디 말도 없었으니 아무리 내가 영웅이라 해도 수궁의 일을 어찌 아오리까? 미리 알게 하였더라면 염통 줄기까지 가져다가 대왕께 바쳐 병환을 낫게 하고, 일등공신 너도 되도 나도 되어 부귀공명 하였으면 그 아니 좋았겠는가? 만경창파 멀고 먼 길 두 번 걸음 별주부 너 탓이라. 그러나 병환은 시급하신데 언제 다시 다녀올는지, 그 아니 딱하오니까?"

용왕이 듣고 어이없어 꾸짖어 말하였다.

"발칙 당돌하고 간사한 요놈. 네 내 말을 들어라 하니, 천지 사이 만물 가운데에 사람으로 동물들까지 제 뱃속에 붙은 간을 무슨 수로 꺼내었다 집어넣었다 하겠는고? 요놈 언감생심(焉敢生心, 감히 그런 마음을 품을 수도 없음) 어느 앞이라고 당돌히 거짓으로 아뢰느냐. 그 죄가 만 번 죽어도 남지 못하리라."

하고, 바삐 배를 째고 간을 올리라 하였다. 토끼 또한 어이없어 간장이 절로 녹으며 정신이 아득하여, 가슴이 막히고 진땀이 바짝바짝 나며 아무리 생각하여도 죽을밖에 다시 수가 없었다.

'이것이 독에 든 쥐요 함정에 든 범이라. 그러나 말이나 한 번 더 단단히 하여 보리라.'

하고 걱정이 되면서도 아무렇지도 않은 모습으로 말하였다.

"옛말에 이르기를, 지혜로운 자는 천 번 생각하는데 한 번 실수할 때가 있고, 우매한 자가 천 번 생각하는데 한 번 잘 할 때가 있다 하였다. 그래서 미친 사람의 말도 성인이 가리어 들으시고 어린아이 말도 귀담아 들으라 하오니, 대왕의 지극히 밝으신 지감(知鑑, 지인지감[知人之鑑]의 준말로 사람을 잘 알아보는 식견)으로 세세히 통촉하여 보시옵소서. 만일 소신의 배를 갈랐다가 간이 있으면 다행이겠지만, 정말 간이 없고 보면 물을 데 없이 누구를 대하여 간을 달라 하오리까? 후회한들 소용이 없을 것이오니, 지부왕(地府王, 염라대왕을 가리키는 말)의 아들이요 황건역사(黃巾力士, 힘이 센 신장[神將])의 동생인들 한 번 가면 다시 돌아오지 못할 황천길을 무슨 수로 면하겠습니까? 또한 소신의 몸에 분명한 표가 하나 있사오니 부디 살펴보시고 의심을 푸소서."

용왕이 듣고 말하였다.

"이 요망한 놈, 네 무슨 표가 있단 말이냐?"

토끼가 말하였다.

"세상 만물의 생긴 것이 거의 다 같사오나, 오직 소신은 밑구멍 셋이 오니 어찌 무리 가운데 다른 표가 아니오리까?"

용왕이 말하였다.

"네 말이 더욱 간사하다. 어찌 밑구멍 셋이 될 리가 있느냐?"

토끼가 말하였다.

"그러하시면 소신의 밑구멍의 내력을 들어 보시옵소서. 하늘이 자시(子時, 십이지의 첫째로, 오후 11시~오전 1시)에 열려 하늘이 되고, 땅이 축시(丑時, 십이지의 둘째로, 오전 1시~3시)에 열려 땅이 되고, 사람이 인시(寅時, 십이지의 셋째로, 오전 3시~5시)에 나서 사람 되고, 토끼가 묘시(卯時, 십이지의 넷째로, 오전 5시~7시)에 나서 토끼가 되었으니, 그 근본을 미루어 보면 생풀을 밟지 않는 저 기린도 소자출(所自出, 사물이 나온 근본)이 내 몸이요, 굶주려도 곡식을 찍어 먹지 아니하는 봉황새도 소종래(所從來, 지내온 내력)가 내 몸이라. 천지간 만물 중에 오직 토처사가 근본입니다. 이러므로 옥황상제께옵서 순순히 명하시기를, 토처사는 나는 새 중에 임금이요 기는 짐승 중에 으뜸이라. 만물 중에 제일 신분이 특별하니, 신체 만들기를 따로 하여 표를 주자 하시고, 일월성신 세 가지 빛을 모아서 정직하고 강하며 부드러운 세 가지 덕을 겸하여 세 구멍을 점지하셨사오니, 보시면 자연 이해하실 것입니다."

용왕이 나졸을 명하여 살펴보라고 하니 과연 세 구멍이 분명하였다.

왕이 의심스러워 주저하니, 토끼가 말하였다.

"대왕이 어찌 이다지 의심하시나이까? 소신 같은 목숨은 하루 천만 명이 죽어도 관계가 없으니, 대왕은 가장 귀하신 몸으로 동방의 성군이시라 경중(輕重)이 다르니, 만일 불행하시면 천리강토와 구중궁궐을 누구에게 전하시며, 종묘사직과 억조창생을 누구에게 미루시렵니까? 소신의 간을 아무쪼록 갖다가 쓰시면 병환이 즉시 나으실 것이요, 건강해지시면 대왕은 아무 걱정 없이 만세나 사실 것이니, 그러면 소신은 일등공신이 되지 않겠습니까? 이러한 좋은 일에 어찌 조금이라도 속일 수 있겠습니까?"

하며 거침없는 말솜씨로 비위를 살살 맞추어 용왕을 푹신 삶아 내는데, 하는 말마다 구구절절 옳은 소리였다. 이 고지식한 용왕은 곧이듣고 혼자 생각하여,

'만일 제 말과 같다면 저 죽은 후에 누구에게 묻겠는가? 차라리 잘 달래어 간을 얻는 것만 못하다.'

하고, 토끼를 궁중으로 불러 올려 상좌에 앉히고 공경하여 말하였다.

"과인의 망령됨을 허물치 말라."

하니, 토끼가 무릎을 싹 쓰러뜨리고 단정히 앉아 공손히 대답했다.

"그는 다 예사올시다. 불우의 환(불우지환[不虞之患]. 뜻밖에 생긴 근심)과 낙미의 액(낙미지액[落眉之厄]. 눈앞에 닥친 재앙)을 성현도 면치 못하거든 하물며 소신 같은 것이야 일러 무엇하오리까? 그러하오나, 별주부가 부주의하고 충성스럽지 못함이 가엾나이다."

문득 한 신하가 앞으로 나서며,

"신이 알기로 옛글에 이르기를, 하늘이 주시는 것을 받지 아니하면 도리어 그 재앙을 받는다 하옵니다. 토끼가 본시 간사한 짐승이라, 흐지부지하다가는 잃어버릴 염려가 있을 듯하오니, 부디 대왕은 잃어버리지 마시고 어서 급히 잡아 간을 내어 지극히 귀중하신 옥체를 보중케 하옵소서."

하니, 이는 수천 년 묵은 거북이로 별호는 귀위선생(龜位先生)이었다. 왕이 크게 화를 내며 꾸짖기를,

"토처사는 충효를 골고루 갖춘 자라. 어찌 거짓이 있으리오. 너는 다시 잔말 말고 물러 있거라."

하니, 귀위선생이 어쩔 수 없이 물러나와 탄식하였다.

용왕이 크게 잔치를 베풀어 토끼를 대접하여 수없이 한 잔 또 한 잔을 권하니 이에 취하여 세상의 갑자를 잃어버렸다. 토끼가 속으로 생각하기를,

'만일 내 간을 내어 주고도 죽지만 아니할 것 같으면 간을 내어 주고 수궁에서 이런 호강을 누리고 싶구나.'

납작하게 엎드리니, 날이 저물어 잔치를 끝나자 용왕이 토끼를 향하여 말하였다.

"토공이 과인의 병만 낫게 하시면 온갖 상을 내리고 제후로 삼아 부귀를 함께 누릴 것이니, 수고를 생각지 말고 속히 나아가 간을 가져다가 과인을 먹이라."

하니, 토끼가 못 먹는 술을 취한 중에 혼잣말로,

'한 번 속기도 원통하거든 두 번조차 속을까?

하며 대답하여 말하였다.

"대왕은 염려 마옵소서. 대왕의 거룩하신 은혜를 만 분의 일이라도 갚고자 하오니, 급히 별주부를 같이 보내어 소신의 간을 가져오게 하옵소서."

이때에 날(해)이 서산에 떨어지고 달이 동정에 나왔다. 신하에게 명하여 토끼를 사관으로 보내어 쉬게 하였다. 토끼가 사관으로 들어와 보니 백옥 섬돌이며 황금 기와요, 호박 주추(기둥 밑에 괴는 돌 따위의 물건)며 산호 기둥에 수정발을 높이 걸고, 거북이 등껍질로 만든 병풍을 둘러치고 야광주로 촛불 삼고, 원앙금침 잣베개와 요강, 재떨이 등을 가까이 두고, 거문고를 새 줄 얹어 세워 놓고, 연꽃 같은 용녀들은 맑은 노래와 맵시 있는 춤으로 쌍쌍이 즐기니, 옛날에 주무왕이 그림 속에 서왕모와 놀 듯, 옥소반에 안주 담고 금잔에 술을 부어 권주가로 권하니, 토끼가 산 속에서 이러한 빼어난 경치를 어찌 보았을까?

토끼는 밤에 즐겁게 놀고, 이튿날 왕에게 작별을 고하고서 별주부의 등에 올라 만경창파 큰 바다를 순식간에 건너와서, 육지에 내렸다. 그러고는 자라에게,

"내 한 번 속은 것도 생각하면 진저리가 나거든 하물며 두 번까지 속겠느냐. 내 너를 다리뼈를 추려 보낼 것이나, 십분 용서한다. 너의 용왕에게 내 말을 이리 전하여라. 세상 만물이 어찌 간을 임의로 꺼내었다 넣었다 하리오. 신출귀몰한 꾀에 너의 미련한 용왕이 잘 속았다 하여라."
하고는 별주부를 두고 깡충깡충 뛰어 너른 들로 나왔다.

육지로 돌아온 토끼, 다시 한 번 목숨을 구하다

토끼는 들판을 이리저리 뛰며 흥에 겨워서,

'어화 인제 살았구나. 수궁에 들어가서 배 째일 뻔하였더니, 요 내 한 꾀로 살아와서 예전 보던 만산 풍경 다시 볼 줄 그 누가 알며, 옛적 먹던 산 실과며 나무 열매 다시 먹을 줄 누가 알았겠는가. 좋기만 하구나.'

한참 이리 노니는데, 난데없는 독수리가 살 쏘듯이 토끼에게 달려들어 손발을 낚아채어 공중으로 높이 나니, 토끼가 위태롭게 되었다.

토끼가 스스로 생각하니,

'간을 달라 하던 용왕은 좋은 말로 달랬지만, 미련하고 배고픈 이 독수리야 무슨 수로 달래리오.'

하며 어찌할 바를 몰라 하는 가운데 문득 한 꾀를 생각해 내고 말하였다.

"여보, 독수리 아주머니! 내 말을 잠깐 들어 보오. 아주머니 올 줄 알고 몇 달 모은 양식 쓸데없어 한이더니, 오늘이야 만났으니 어서 바삐 가십시다."

이에 독수리가 말하였다.

"무슨 음식이 있다고 달콤한 말로 날 속이려 하느냐? 내가 수궁 용왕 아니어든 내 어찌 너한테 속겠느냐?"

토끼가 말하였다.

"여보, 아주머니, 내 다 털어놓을 테니 들어 보시오. 사돈도 이리 할 사돈이 있고 저리 할 사돈이 있다 함과 같이 수궁의 왕은 아무리 속여도 다시 못 볼 테지만, 우리 사이는 종종 서로 만날 테니 어찌 감히 조금이라도 속이겠소. 건넛마을 이 동지가 납제(臘祭, 한 해 동안의 농사 형편과 그 밖의 일을 여러 신에게 고하는 제사. 이 제사를 위해 지방 관청에서 산짐승을 잡아 바침) 사냥하느라고 나를 심히 노리기에 그 원수 갚기를 생각했는데, 금년 정이월에 그 집 맏배(짐승의 새끼를 낳는 처음 일. 또는, 그 새끼) 병아리 사십여 마리를 둘만 남기고 다 잡아왔소. 용궁에서 제일 귀하다는 의사 주머니를 내가 가지고 있다오. 아주머니에게는 생후에 듣도 보도 못한 물건일 것이니 가지기만 하면 전후 조화가 다 있지만은, 내게는 다 필요 없는 물건이오. 그러나 아주머니한테는 모두 필요할 것이라오. 나와 같이 어서 갑시다. 음식 도적은 매일 잔치를 한대도 다 못 먹을 것이오, 의사 주머니는 가만히 앉았어도 평생을 잘 견디는 것이니, 이 좋은 보배를 가지고 자손에게까지 전하여 누리면 그 아니 좋겠소?"

이러한 말에 이 미련한 독수리가 마음에 솔깃하여,

"아무려나 가 보자."

하고 토끼가 사는 곳으로 찾아가니, 토끼가 바위 아래로 들어가며 조금만 놓아 달라 하였다. 그러자 독수리가 말하였다.

"조금 놓아 주다가 아주 들어가면 어찌하게?"

토끼가 하는 말이,

"그리하면 조금만 늦춰 주오."

하니, 독수리 생각에,

'조금 늦춰 주는 것이야 어떠하랴?'

하고 한 발로 반만 쥐고 있었다. 그러자 토끼가 점점 바위 아래로 들어가다가 힘을 주어 쏙 자기 손발을 빼며,

"요것이 의사 주머니지."

하더니, 어느 새 토끼가 눈에 보이지 않게 되었다.

자라가 화타의 도움으로 약을 구하다

한편 자라는 토끼가 가는 모양을 하염없이 바라보고 길게 탄식하며 말하였다.

"내 충성이 부족하여 토끼에게 속았으니, 이를 장차 어찌 하겠는가?"

또 탄식하며,

"우리 수국 신하와 백성들이 복이 없어, 내, 토끼의 간을 얻지 못하고 무슨 면목으로 돌아가 우리 임금과 온 조정 동료를 대하리오? 차라리 이 땅에서 죽는 게 낫겠구나."

하고 머리를 들어 바윗돌을 향하여 부딪치려 하더니, 홀연 누가 크게 부르며,

"별주부는 이 늙은이의 말을 들으라."

하였다. 이에 자라가 놀라 머리를 돌이켜보니, 한 도인이 머리에 각진 두건을 쓰고 몸에 자주색 옷을 입고서 자라 앞에 와 웃으며,

"네 정성이 지극하기로 내 하늘의 명을 받고 한 개의 선단(仙丹, 먹으면 신선이 된다고 하는 영약)을 줄 터이니, 너는 빨리 돌아가 용왕의 병을 고치게 하라."

하고 말을 마치더니, 소매 안에서 약을 내어 주었다. 자라가 크게 기뻐서 두 번 절하고 받아 보니, 그 크기가 산사나무 열매만 하고 광채가 호

화찬란하며 향취가 확 퍼졌다. 자라는 도인에게 감사의 절을 올리며 말하였다.

"선생의 큰 은혜는 우리 나라의 임금과 신하가 모두 감격할 정도로 크옵니다. 감히 묻사오니 선생의 존성대명(尊姓大名, '지위가 높은 사람의 성명'을 높이어 이르는 말)을 알려 주십시오."

이에 도인이

"나는 패국(沛國) 사람 화타이다."

하고 말하고 조용히 사라졌다.

이야기 따라잡기

천하의 모든 물 중에 동해, 서해, 남해, 북해의 네 바닷물이 제일 컸는데, 네 바다에 각각 용왕이 있었다. 그중 동해 광연왕(용왕)이 병을 얻게 된다. 왕이 신하를 모아 놓고 병을 치료해 줄 의사를 구해 오라고 명한다. 그때 잉어가 오나라 범 상국과 당나라 장 사군, 초나라 육 처사 등 세 호걸을 추천한다. 왕은 세 호걸을 용궁으로 초대하여 살려 달라고 부탁한다. 세 호걸은 대왕의 병은 주색(酒色)이 지나쳐서 생긴 것이라 하고, 정해진 운명이니 어쩔 수 없다고 한다. 이 말을 들은 용왕은 마지막으로 약방문을 써 달라고 조른다. 왕의 간청을 못 이겨 세 호걸은 토끼의 생간을 더울 때에 먹게 되면 병이 회복된다고 일러 주고 떠난다.

왕은 육지에 나가서 토끼를 산 채로 잡아올 신하를 찾는다. 문어가 먼저 나서자, 자라가 언변이 뛰어나고 꾀도 많은 자신이 가야 한다고 주장한다. 결국 자라가 토끼를 잡으러 가게 되고, 자라는 왕에게 토끼의 그림을 그려 달라고 청한다. 왕은 많은 곡식과 돈을 내리고 자라를 격려하며 빨리 토끼를 잡아 오라고 한다. 자라는 아내와 작별 인사를 하고 육지로 떠난다.

자라가 소상강과 동정호 깊은 물에 떠올라서 푸른 시내 흐르는 산속으로 들어가니 마치 신선이 노는 곳과 같다. 그곳에서 구경을 하며 숲으로 들어가 사방을 살피다 토끼를 만난다. 자라는 점잖게 토끼를 토선생이라고 부르고 산중호걸이라고 추켜 세우며 환심을 산다. 토끼가 자라의 못생긴 얼굴과 모습을 비웃지만, 자라는 불쾌함을 참고 자신이 문무를 겸비한 영웅이며, 몇백 갑절 어른이라고 둘러댄다.

토끼가 자라에게 육지 생활을 자랑하자, 자라는 별천지 같은 수궁 생활을 자랑한다. 또 자라는 육지 생활에서 겪을 수 있는 위험을 조목조목 이야기하며, 위험한 세상을 떠나 함께 용궁에서 즐겁게 살자고 이야기한다. 자라의 달콤한 말에 속아 넘어간 토끼는, 자라와 함께 용궁에 가기로 결심한다.

이때 바위 밑에서 너구리 달첨지가 나타나 분수를 지키지 않고 부귀영화를 탐내는 토끼를 말렸으나, 한 번 꾐에 넘어간 토끼의 마음을 돌리지 못한다.

용궁에 도착한 토끼는 수상한 낌새를 눈치챘으나 어쩔 도리가 없다. 용왕이 토끼의 배를 가르라고 명령하자, 토끼는 정신을 수습하여 용왕에게 평소 자신의 간을 탐내는 자들이 많아 육지 어느 곳에 몰래 숨겨 두었다고 말한다. 토끼의 뛰어난 말솜씨와 계속되는 속임수에 결국 용왕은 속아 넘어간다. 이때 거북이 용왕에게 토끼의 간사함에 속지 말라고 간언하나, 용왕은 귀 기울여 듣지 않는다. 용왕은 토끼에게 성대하게 잔치를 베풀어 준다.

다음 날 자라의 등에 업혀 육지에 온 토끼는 살아 돌아온 기쁨도 잠시, 이번에는 독수리에게 잡히게 된다. 토끼는 독수리에게 숨겨 둔 양식과 용궁의 귀한 보물인 의사 주머니를 주겠다고 속여 다시 한 번 위험에서 벗어난다.

한편 자라는 자신이 충성심이 부족하여 이런 일이 생겼다고 생각하여 죽으려 하지만, 그 순간 명의 화타가 나타나 용왕의 병을 고칠 선단을 주고 사라진다.

쉽게 읽고 이해하기

「토끼전」의 소설적 변화 과정

「토끼전」은 근원 설화인 「구토설화」가 판소리 사설 〈수궁가〉로 변하였다가, 판소리 대본이 문자로 정착되는 과정에서 소설화한 것으로 추측된다. 이 설화는 우리나라뿐 아니라 인도, 중국, 일본 등에도 널리 퍼져 있다.

「토끼전」은 「별주부전」 「별토가」 「수궁가」 「토생전」 「토처사전」 등으로 다양하게 불리며, 60여 종의 이본이 소설본과 판소리본으로 나뉘어 있다. 다양한 이본을 통해 볼 때 「토끼전」은 설화에서 판소리로, 판소리에서 소설로 변모해 가는 과정에서 설화적 기본 구조를 바탕으로 내용이 첨부되고 바뀌면서 소설로 자리잡게 되었음을 알 수 있다. 이때 수궁과 육지라는 구체적인 세계를 설정하고 다양한 동물을 많이 등장시키고, 열거와 반복, 대조법, 중국 고사의 인용, 화려한 수식 등을 사용하여 수사적 표현을 늘렸으며, 재미를 위해 다양한 사건을 추가한 것으로 추측할 수 있다.

작품의 우화적 특성

「토끼전」은 우화의 형식을 취하고 있다. 우화소설은 인간의 무지를 일깨우기 위한 목적으로, 풍자적인 표현 방법을 사용한다. 서민 의식이 크게 대두되던 시기에 우화소설이 등장한 이유는 양반 계층과의 대결에서 인간을 통한 직접적인 비교보다는 동물을 통한 우회적인 방법이 유리했기 때문이다. 이 작품에서 용왕은 왕이나 관리를, 토끼는 일반 피지배 서민층을 나타낸다. 주색에 빠져 병이 들고 토끼의 황당한 거짓말에 속아 넘어가는 용왕과 대신들은 당시 부패하고 무능한 지배계급의 모습을 비유한 것이다.

이와 반대로 토끼는 서민의 모습을 반영한다. 온갖 위험이 도사린 현실, 자신의 목숨을 위협하는 관리들, 그곳에서 살아남기 위해서는 지혜가 없어서는 안 된다. 용궁에서 살아 돌아온 토끼를 기다리는 육지 또한 평온하고 행복한 곳만은 아니었다. 여기에도 다시 생명을 위협하는 독수리라는 존재가 기다리고 있었기 때문이다. 그러나 이 모든 위험을 극복할 수 있었던 것은 토끼의 꾀 덕분이다. 토끼가 지혜롭게 용왕과 독수리에게서 목숨을 구하는 모습은 피지배 계층인 서민들의 승리를 보여주는 것이기도 하다.

이 작품에 반영된 서민 의식

「토끼전」은 당시 사회 현실을 용궁과 육지로 옮겨 표현한, 당대 현실의 축소판이라고 할 수 있다. 이와 같은 대립의 양상 속에서 결국 약자인 토끼가 최후의 승리를 거두는 것은 조선 후기의 역사적 현실에서 서민들이 가진 현실적 불만과 욕구, 비판 정신과 해학, 풍자가 작품을 통해 나타난 결과이다.

「토끼전」은 많은 이본에 따라서 다양한 결말을 가지고 있다. 토끼가 무사히 돌아온 후 자라의 죽음, 용왕의 죽음으로 끝나는 내용, 자라가 선단을 얻어 공을 세우고 용왕이 병을 고치는 내용, 용왕이 자신의 허욕을 반성하고 아들에게 왕위를 물려주고 죽음을 맞이하는 내용 등으로 각각 다르게 기술되어 있으며 이는 당시의 전승자 및 민중 의식이 반영된 결과라고 볼 수 있다.

「토끼전」에 나타난 풍자성은 작가층인 서민 계층이 가지고 있던 당시 정치 현실과 지배 계층에 대한 반항 의식을 보여 주고 있다. 또, 사회 경제적 현실에서 부정부패를 일삼고 혹독하게 세금을 거두어들이던 양반 관료 계급에 대한 비판 의식이 나타나 있는 소설로서, 근대적 의식의 출현을 알리는 문학작품이기도 하다.

「장끼전」은 현실에 무지하고 무능한 장끼와,

변화에 적응하며 네 번 결혼하는 까투리를 통해

양반의 허세와 무능, 남존여비와

개가 금지에 대해 풍자하고

비판한 우화 소설이다.

장끼전

죽은 낭군 생각하면 개가하기 야박하나,
내 나이 꼽아 보면 늙도 젊도 아니한 중늙은이라,
까투리가 장끼 신랑 따라감이 실로 마땅한 일이다.

등장인물

장　끼　아내의 말을 무시하고 눈앞의 이익만을 탐내다가 화를 당하는 어리석은 인물이다. 남존여비의 봉건적 사고를 지닌 가부장적 인물을 풍자하고 있다.

까투리　남편의 뜻에 무조건 따르기보다는 자기 생각을 밝히고 주장할 줄 아는 신중하고 지혜로운 인물이다. 자신의 생각을 실천으로 옮기는 현대적 여성상을 보여 주고 있다.

장끼전

꿩이 살기에는 어려운 세상이다

하늘과 땅이 처음으로 생겨나고 만물이 번성하니, 그 가운데 귀한 것은 인간이며 천한 것은 짐승이었다.

날짐승도 삼백이고 길짐승도 삼백인데, 꿩의 모습을 볼라치면 의관(衣冠)은 오색이요, 별호는 화충(華蟲, 화려하게 생긴 짐승이란 뜻)이다. 산새와 들짐승의 천성으로 사람을 멀리하여 푸른 숲 속 시냇가에 휘두러진 소나무를 정자 삼고, 상하로 펼쳐진 밭과 들 가운데 널려 있는 곡식을 주워 먹고 살아간다.

그러나 임자 없이 생긴 때문에, 관포수(官砲手, 관청에 속한 포수)와 사냥개에게 툭하면 잡혀가서 삼태육경(三台六卿, 조선 시대에, 삼정승과 육조 판서를 통틀어 이르던 말) 수령 방백(지방의 원님과 관찰사) 새와 들짐승과 다방골 제갈동지(제가 스스로 동지라 한다는 뜻으로, 나이 먹고 교만하며 살림살이의 형편이나 정도는 넉넉하되 지체는 좀 낮은 사람을 이르는 말) 들이 싫도록 장복(長服, 같은 음식을 오랫동안 계속해서 먹음)하고 좋은 깃 골라내서 사령기(使令旗, 군대의 대장이 드는 깃발)에 살대 장식과 전방(塵房, 물건을 늘어놓고 파는 가게) 먼지떨 이며 여러 가지에 두루 쓰여지니 그 공적이 적다 하겠는가?

이렇듯 신세가 가련한 꿩은 한평생 몰래 숨어서 살고 있다. 경치라도 구경할까 하여 구름 위 산봉우리로 허위허위 올라가니 하면 몸이 가벼 운 보라매(사냥에 쓰는 매)가 여기서 떨렁, 저기서 떨렁 하며 방울 소리를 냈다. 몽치(짤막한 몽둥이)를 든 몰이꾼은 여기서 "우여!", 저기서 "우여!" 하며, 냄새를 잘 맡는 사냥개는 이리 컹컹 저리 컹컹 속잎 포기 떡갈잎 을 뒤적뒤적 찾아드니 꿩이 살아날 길이 없구나. 사잇길로 가려 하니 하 도 많은 포수들이 총을 메고 들어섰으니 엄동설한(嚴冬雪寒, 겨울의 심한 추 위) 굶주린 몸이 이제 다시 어느 곳으로 가야 한단 말인가?

하루 종일 푸른 산 더운 볕에 뉘 아래로 펼쳐진 밭이며 너른 들에 혹시 라도 콩알이 있을 법하니 한번 주우러 가 볼거나.

장끼가 붉은 콩을 먹으려 하자, 까투리가 말린다

이때 장끼 한 마리 당홍대단(唐紅大緞, 중국에서 나는 붉은색 비단) 두루마기 를 입고 초록궁초(草綠宮綃, 초록색 비단) 깃을 달아 흰 동정 씻어 입고 주먹 같은 옥관자(玉貫子. 옥으로 만든 망건 관자)를 달고 꽁지 깃털 만신풍채(滿身 風采, 사람의 겉모양이 빛나고 드러나 보이는 모습) 장부의 기상이 역연하구나.

또 한 마리의 꿩 까투리의 치장을 볼라치면 잔누비 속저고리 폭폭이 잘게 누벼 위 아래로 고루 갖추어 입고 아홉 아들과 열둘의 딸을 앞세우

고 뒤세우며,

"어서 가자, 바삐 가자! 질펀한 너른 들에 줄줄이 퍼져서 너희는 저 골짜기 줍고 우리는 이 골짜기 줍자꾸나. 알알이 콩을 줍게 되면 사람의 공양을 부러워하여 무엇하랴. 하늘이 낸 만물이 모두 저 나름의 녹이 있으니 한 끼의 포식도 제 재수라."

하면서, 장끼와 까투리가 들판에 떨어져 있는 콩알을 주우러 들어가다가, 붉은 콩 한 알이 덩그렇게 놓여 있는 것을 장끼가 먼저 보고 눈을 크게 뜨며 말하기를,

"어허, 그 콩 먹음직스럽구나! 하늘이 주신 복을 내 어찌 마다하랴? 내 복이니 어디 먹어 보자."

옆에서 이 모양을 지켜보고 있던 까투리는 어떤 불길한 예감이 들어서,

"아직 그 콩 먹지 마오. 눈 위에 사람 자취가 수상하오. 자세히 살펴보니 입으로 훌훌 불고 비로 싹싹 쓴 흔적이 심히 괴이하니. 제발 덕분 그 콩일랑 먹지 마오."

"자네 말은 미련하기 그지없네. 이때를 말하자면 동지섣달 눈 덮인 겨울이라. 첩첩이 쌓인 눈이 곳곳에 덮여 있어 천산(千山, 이곳저곳에 있는 여러 산)에 나는 새 그쳐 있고, 만경(萬頃, 아주 많은 이랑이라는 뜻으로, 지면이나 수면이 아주 넓음을 이르는 말)에 사람의 발길이 끊겼는데 사람의 자취가 있을까 보냐?"

까투리도 지지 않고 입을 연다.

"사리는 그럴듯하오마는 지난 밤 꿈이 크게 불길하니 자량(自量, 스스로

헤아림)하여 처사하오."

그러자 장끼가 또 하는 말이,

"내 간밤에 한 꿈을 얻으니 황학(黃鶴)을 빗겨 타고, 하늘에 올라가 옥
황상제께 문안 드리니 상제께서 나를 보시고는 산림처사(山林處士, 벼슬을
하지 않고 산골에 파묻혀 글을 읽고 사는 선비)를 봉하시고, 만석고(萬石庫, 많은
곡식을 넣어 두는 창고)에서 콩 한 섬을 내주셨으니, 오늘 이 콩 하나 그 아
니 반가운가? 옛글에 이르기를 '주린 자 달게 먹고 목마른 자 쉬 마신다'
하였으니, 어디 한번 주린 배를 채워 봐야지."

그러나 지지 않고 까투리 또 말하기를,

"당신의 꿈은 그러하나 이내 꾼 꿈 해몽해 보면, 어젯밤 이경(二更, 하룻
밤을 오경[五更]으로 나눈 둘째 부분. 밤 9시부터 11시 사이) 초에 첫잠이 들어 꿈
을 꾸었는데, 북망산 음지 쪽에 궂은비 흩뿌리면 맑은 하늘에 쌍무지개
가 홀연히 칼이 되어 당신의 머리를 뎅겅 베어 내리쳤으니, 이것이야말
로 당신이 죽을 흉몽임에 틀림없으니 제발 그 콩일랑은 먹지 마오."

장끼 또한 그대로 있을쏘냐?

"그 꿈 또한 염려 말게. 춘당대(春塘臺, 서울 창경궁 안에 있는 대. 옛날에 과거
를 실시하던 곳) 알성과(謁聖科, 조선 시대에, 임금이 문묘에 참배한 뒤 실시하던 비정
규적인 과거 시험)에 문관 장원(文科壯元, 문관을 뽑는 마지막 순서의 과거 시험으로
임금이 지켜보는 가운데서 첫 번째로 합격한 사람을 말함)으로 급제하여 어사화
(御賜花, 문무과에 급제한 사람에게 임금이 하사하던 종이꽃) 두 가지를 머리 위에
숙여 꽂고 장안 큰 거리로 왔다 갔다 할 꿈이로세. 어디 과거에나 한번
힘써 보세나."

까투리가 다시 하는 말이,

"야삼경에 또 한 번 꿈을 꾸니 천 근들이 무쇠 가마를 그대 머리에 흠뻑 쓰고 만경창파(萬頃蒼波, 한없이 넓은 바다나 호수의 맑은 물결) 깊은 물에 아주 풍덩 빠졌기로, 나 홀로 그 물가에 앉아 대성통곡하였으니, 이거야말로 당신이 죽는 꿈이 아니겠소? 부디 그 콩일랑 먹지 마오."

장끼란 놈 또 하는 말이,

"그 꿈은 더욱 좋을시고! 명나라가 중흥할 때, 구원병을 청해 오면 이 몸이 대장이 되어 머리 위에 투구 쓰고 압록강 건너가서 중원을 평정하고 승전 대장 될 꿈이로세."

그래도 까투리는 또 말한다.

"그것은 그렇다 하고라도, 사경(四更, 새벽 1시에서 3시 사이)에 또 한 꿈을 꾸니 노인은 당상(堂上, 대청 위)에 있고 소년이 잔치를 하는데, 스물두 폭 구름 장막을 받쳤던 서 발 장대가 갑자기 우지끈 뚝딱 부러지며 우리들의 머리를 흠뻑 덮어 버렸으니 어찌 답답한 일을 볼 꿈이 아니리오? 오경(五更, 새벽 3시에서 5시 사이) 초에 또 한 꿈을 얻었는데 낙락장송(落落長松, 가지가 길게 축축 늘어진 키가 큰 소나무)이 뜰 앞에 가득한데 삼태성(三台星, 큰곰자리에 있는 자미성을 지키는 별) 태을성(太乙星, 북쪽 하늘에 있으면서 병란·재화·생사 따위를 맡아 다스린다고 하는 신령한 별)이 은하수를 둘렀는데, 그 가운데 별 하나가 뚝 떨어져 당신 앞에 걸려졌으니 당신 별이 그렇게 된 듯, 삼국 때의 제갈무후(諸葛武侯, 중국 촉나라 재상인 제갈량)가 오장원(五丈原)에서 운명할 때도 긴 별이 떨어졌다 하옵디다."

장끼란 놈 더욱 신이 나서 하는 말이,

"그 꿈도 염려할 게 전혀 없네. 장막이 덮여 보인 것은, 푸른 산에 해가 저물어 밤이 되면 화초 병풍 둘러치고, 잔디 장판에 등걸로 베개 삼아 칡잎으로 요를 깔고 갈잎으로 이불 삼아 자네와 나와 추켜 덮고 이리저리 뒹구를 꿈이요, 별이 길게 떨어져 보인 것은 옛날 중국 황제 헌원씨(軒轅氏, 중국 고대 전설상의 제왕. 황제[黃帝]) 대부인이 북두칠성 정기를 받아 제일 생남하였고, 견우직녀성은 칠월 칠석 상봉이라, 자네 몸에 태기 있어 귀한 아들 낳을 꿈이로세. 그런 꿈이라면 제발 좀 많이 꾸게나."

장끼가 붉은 콩을 먹겠다고 고집을 부리다

까투리는 또 다른 꿈 이야기를 하는데,

"새벽녘 닭이 울 때 또 꿈을 꾸니, 색저고리 색치마를 이 내 몸에 단장하고 푸른 산 맑은 물가에 노니는데, 난데없는 청삽사리 입술을 앙다물고 와락 뛰어 달려들어 발톱으로 허위치니 경황실색(驚惶失色, 놀라고 두려워 얼굴색이 달라짐) 갈 데 없이 삼밭으로 달아나는데, 긴 삼대 쓰러지고 굵은 삼대 춤을 추며 잘룩 허리 가는 몸에 휘휘청청 감겼으니 이내 몸 과부 되어 상복(喪服, 상중에 있는 사람이 입는 예복) 입을 꿈이오라, 제발 덕분 먹지 마오. 부디 그 콩 먹지 마오."

이 말 들은 장끼란 놈 매우 노해서 까투리 멱살 잡고 이리 치고 저리 차며 소리 질러 하는 말이,

"화용월태(花容月態, 꽃 같은 얼굴에 달 같은 자태. 아름다운 여인의 얼굴과 맵시를 이르는 말) 저 간나위(간사한 사람을 낮잡아 이르는 말) 년 기둥서방(기생들의

영업을 돌보아 주면서 얻어먹고 지내는 사내. 여기서는 본남편을 의미함) 마다하고,
다른 남자 즐기다가 참바(삼이나 칡 따위로 세 가닥을 지어 굵다랗게 드린 줄),
올바(올이 굵은 줄), 주황사(주황빛 줄)로 뒤쭉지 결박해서 이 거리 저 거리
종로 네거리를 북 치며 조리돌리고(죄를 지은 사람을 끌고 돌아다니면서 망신
을 시키고), 삼모장(죄인을 때리는 데 쓰던 세모진 방망이)과 치도곤(治盜棍, 죄인
의 볼기를 치는 데 쓰던 곤장의 하나)으로 난장(亂杖, 신체의 부위를 가리지 않고 마
구 매로 치던 고문) 맞을 꿈이로세. 그 따위 꿈 얘기란 다시 말라! 앞 정강
이 꺾어 놀 테다.”

그래도 까투리는 장끼 아끼는 마음 풀풀 나는지라, 입을 다물지 않고
하는 말이,

“기러기 물가를 울어 옐 제 갈대를 물고 낢은 장부의 조심이요, 봉황
이 천 길을 날 수 있으되 주려도 좁쌀을 쪼아 먹지 아니함은 군자의 염
치인데, 당신이 비록 미물이라 하나 군자의 본을 받아 염치를 좀 알아야
하오. 백이 · 숙제(伯夷叔齊, 은나라를 멸망시킨 주나라를 반대한 백이와 숙제 형제)
주속(周粟, 주나라 곡식)을 아니 먹고, 장자방(張子房, 한나라의 건국공신 장량[張
良])의 지혜 염치 사병벽곡(謝病辟穀, 병을 핑계대고 곡식을 먹지 않음)하였으니
당신도 이런 것을 본을 받아 근신을 하시려거든 제발 그 콩 먹지 마오.”

장끼 또한 그대로 있을쏘냐.

“자네 말 참으로 무식하네. 예절을 모르는데 염치를 내 알쏜가? 안자
(顏子, 공자의 수제자 안연)님 도학 염치로도 삼십밖엔 더 못 살고, 백이 · 숙
제의 충절 염치로도 수양산에서 굶어 죽었으며, 장자방의 사병벽곡으
로도 적송자(赤松子, 신선의 이름)를 따라갔으니 염치도 부질없고 먹는 것

이 으뜸이로세. 호타하(滹沱河) 보리밥을 문숙(文叔, 한나라를 재건하여 후한의 초대 황제가 된 광무제)이 달게 먹고 중흥천자(中興天子)가 되었고(광무제가 왕망에게 쫓겨 호타하에 이르러 곤란을 겪었는데, 신하가 구해 온 보리밥으로 허기를 면했다는 고사가 있음), 표모(漂母, 빨래하는 아낙네)의 식은 밥을 달게 먹은 한신(韓信)도 한나라의 대장이 되었으니(한나라의 건국공신 한신이 미천한 신분이었을 때 그가 굶주리는 것을 보고는 빨래터의 아낙네가 밥을 먹여 주었음), 나도 이 콩 먹고 크게 될 줄 뉘 알 것인가?"

까투리는 그래도 가만히 있어선 안 되겠다 싶어서,

"그 콩 먹고 잘된단 말은 내가 먼저 말하오리다. 잔디 찰방 수망(찰방[察訪]은 각 도의 역참을 관리하던 종6품 벼슬이고 '수망[首望]'은 벼슬아치를 임명하기 위해 올리는 세 명의 후보자 명단. 즉 잔디 찰방 수망이란 잔디밭이나 관리하는 보잘것 없는 벼슬의 후보자)으로 황천 부사(黃泉府使) 제수하여(저승의 고을 원이 되어) 푸른 산을 생이별할 것이오니 내 원망은 부디 마오. 옛글을 보면 고집 너무 피우다가 패가망신(敗家亡身, 집안의 재산을 다 써 없애고 몸을 망침)한 자 그 몇이오? 천고의 진시황이 몹쓸 부소(扶蘇, 진시황의 장남)의 말을 듣지 않고 민심 소동 사십 년에 이세(二世, 진시황의 뒤를 이어 두 번째 황제가 된 호해[胡亥]) 때 나라 잃고, 초패왕(楚覇王, '항우'를 달리 이르는 말. 진나라를 멸망시키고 스스로 서초[西楚]의 패왕이 되었다는 데서 유래함)의 어리석은 고집 범증(范增)의 말 듣지 않다가 팔천 명 제자 다 죽이고 면목없어 자살하고 말았으며, 굴삼려(屈三閭, 초나라의 충신 굴원[屈原]. 삼려대부의 직분을 맡았으므로 굴삼려라고 함)의 옳은 말도 고집불통 듣지 않다가 진문관에 굳게 갇혀(초회왕이 굴원의 만류를 뿌리치고 진나라에 들어갔다가 억류된 뒤 그곳에서 죽었음) 가련공산

(可憐空山) 삼혼(三魂, 사람의 마음에 있는 세 가지 영혼) 되어 강 위에서 우는 새 어복충혼(魚腹忠魂, 물고기 뱃속에 충성스러운 영혼. 멱라수 강물에 몸을 던져 죽은 굴원의 충심을 가리킴) 부끄럽다오. 당신 고집 너무 피우다가 오신명(誤信命, 몸과 목숨을 그르침)하오리다.”

그렇지만 장끼란 놈 그 고집 버릴쏘냐.

“콩 먹고 다 죽을까? 옛글 보면 콩 태(太) 자 든 사람은 모두 귀하게 되었더라. 태곳적의 천황씨(天皇氏, 중국 고대 전설상의 제왕)는 일만 팔천 살을 살았고, 태호복희씨(太昊伏羲氏, 중국 고대 전설상의 제왕)는 풍성(風聲, 들리는 명성)이 상승(相承, 서로 이어 감)하여 십오 대를 전했으며, 한태조 당태종은 풍진 세상에서 창업 지주가 되었으니, 오곡 백곡 잡곡 가운데서 콩 태 자가 제일일세. 강태공은 달팔십(達八十, 부귀와 관록이 따르는 영달의 삶을 이르는 말. 강태공이 여든 살에 주 무왕을 만나 정승이 된 후 80년을 호화롭게 살았다는 데서 유래)을 살았고, 시중천자(詩中天子) 이태백은 고래를 타고 하늘에 올랐고 북방의 태을성은 별 가운데 으뜸일세. 나도 이 콩 달게 먹고 태공같이 오래 살고 태백같이 하늘에 올라 태을선관 되리라.”

장끼가 붉은 콩을 먹다가 덫에 걸리다

장끼 고집 끝끝내 굽히지 아니하니 까투리 할 수 없이 물러났다. 그러자 장끼란 놈 얼룩 장목(꿩의 꽁지깃) 펼쳐 들고 꾸벅꾸벅 고갯짓하며 조츰조츰 콩을 먹으러 들어가는구나. 반달 같은 혓부리로 콩을 꽉 찍으니 두 고패(고리) 둥그러지며 머리 위에 치는 소리 박랑사(博浪沙, 장량이 진나라 시황제를 공격한 곳) 중에 저격시황(狙擊始皇)하다가 버금수레(왕이 탄 수레를 뒤따르는 수레) 맞치는 듯 와지끈 뚝딱 푸드드득 푸드드득 변통 없이 치였구나.

이 꼴을 본 까투리 기가 막히고 앞이 아득하여,

"저런 광경 당할 줄 몰랐던가, 남자라고 여자 말 잘 들어도 패가(敗家)하고 계집 말 안 들어도 망신하네."

하면서, 위아래 넓은 자갈밭에 자락 머리 풀어헤치고 당글당글 뒹굴면서 가슴 치고 일어나 앉아 잔디풀을 쥐어뜯어 가며 애통해하고 두 발을 땅땅 구르면서 성을 무너뜨릴 듯이 대단히 절통해한다.

아홉 아들 열두 딸과 친구 벗님네들이 불쌍하다 탄식하며 조문 애곡하니 가련공산 낙목천(落木天, 나뭇잎이 지는 때)에 울음소리뿐이었다. 까투리는 그 슬픈 가운데서도,

"공산야월(空山夜月, 조용하고 쓸쓸한 산속의 달밤) 두견새 소리 슬픈 회포(懷抱, 마음속에 품은 생각이나 정) 더욱 섧구나. 『통감(通鑑)』(『자치통감[資治通鑑]』. 중국의 역사서)에 이르기를 좋은 약이 입에 쓰니 병에는 이롭고, 옳은 말은 귀에 거슬리나 행실에는 이롭다 하였으니 당신도 내 말 들었더면 이런 변 당할 리 없지. 애고, 답답하고 불쌍하다. 우리 양주(兩主, 바깥주인과 안주인이라는 뜻으로, 부부를 이르는 말) 좋은 금실 누구에게 말할쏜가? 슬피 서서 통곡하니 눈물은 못이 되고 한숨은 비바람이 되는구나. 애고, 가슴에 불이 붙네. 이 내 평생 어찌할꼬?"

아직 숨이 끊어지지 않은 장끼는 그래도 덫 밑에 엎디어서 하는 말이,

"에라 이년, 요란하다! 호환(虎患, 호랑이에게 당하는 재앙)을 미리 알면 산

에 갈 사람 어디 있겠나? 미련은 먼저 오고 지혜는 누구나 그 뒤의 일이다. 죽는 놈이 탈없이 죽을까? 그것은 그렇다 치고 사람도 죽고 삶을 맥으로 안다 하니 나도 죽지는 않겠나 어디 한번 맥이나 짚어 보소."

까투리는 장끼의 말을 듣고 그러려니 여겨 장끼의 맥을 짚어 보다가,

"비위맥은 끊어지고, 간맥은 서늘하고, 태충(太衝, 한의학의 혈자리 중 하나)맥은 굳어져 가고 명맥은 떨어지오. 아이고, 이게 웬일이오? 웬수로다."

장끼란 놈 몸을 한 번 푸드득 떨고 나서 또 하는 말이,

"맥은 그러하나 눈청(눈망울)을 살펴보게. 동자부처(눈동자에 비치어 나타난 사람의 형상) 온전한가?"

까투리는 장끼의 눈청을 살펴보고 나서는 한숨을 쉬면서,

"이제는 속절없네. 저편 눈의 동자부처 첫새벽에 떠나가고, 이편 눈의 동자부처는 지금 막 떠나려고 파랑보에 봇짐 싸고 곰방대 붙여 물고 길목버선(먼 길을 갈 때 신는 허름한 버선) 감발하네(발에 발감개를 감네). 애고애고, 이내 팔자 이다지도 기박한가, 상부(喪夫, 남편의 죽음을 당함)도 자주 하네. 첫째 낭군 얻었다가 보라매에 채여 가고, 둘째 낭군 얻었다가 사냥개에 물려 가고, 셋째 낭군 얻었다가 살림도 채 못 하고 포수에게 맞아 죽고, 이번 낭군 얻어서는 금실도 좋은데 아홉 아들 열두 딸을 남겨 놓고 아들딸 혼사도 채 못 해서 구복(口腹, 먹고살기 위하여 음식물을 섭취하는 입과 배)이 원수로 콩 하나 먹으려다 덫에 덜컥 치였으니 속절없이 영 이별하겠구나. 도화살(桃花煞, 여자가 한 남자의 아내로 살지 못하고 사별하거나 여러 명의 남편을 얻게 되는 팔자)을 가졌는가, 이 내 팔자 험악하네. 불쌍하다 우

리 낭군, 나이 많아 죽었는가, 병이 들어 죽었는가? 망신살을 가졌는가, 고집살을 가졌는가? 어찌하면 살려 낼꼬? 앞뒤에 섰는 자녀 뉘가서 혼취(婚娶, 혼인)하며 뱃속에 든 유복자(遺腹子, 태어나기 전에 아버지를 여읜 자식) 해산 구완(아픈 사람이나 해산한 사람을 간호함) 누가 할꼬? 운림초당(雲林草堂) 넓은 들에 백년초를 심어 두고 백년해로(百年偕老, 부부가 되어 한평생을 사이 좋게 지내고 즐겁게 함께 늙음) 하잤더니 단 삼 년이 못 지나서 영결종천(永訣終天, 죽어서 영원히 이별함) 이별초가 되었구나. 저렇게도 좋은 풍신(風神, 풍채, 드러나 보이는 사람의 겉모양) 언제 다시 만나 볼꼬? 명사십리(明沙十里, 곱고 부드러운 모래가 끝없이 펼쳐진 바닷가) 해당화야 꽃 진다고 한탄 마라. 너는 명년 봄이 되면 또다시 피겠지만 우리 낭군 이번 가면 다시 오기 어려워라. 미망(未亡, 남편은 죽었으나 따라 죽지 못하고 홀로 남아 있음)일세, 미망일세, 이내 몸이 미망일세."

한참 동안 통곡을 하니 장끼는 눈을 반쯤 뜨고,

"자네 너무 서러워 말게. 상부 잦은 자네 가문에 장가간 게 내 실수라. 이 말 저 말 잔말 말게. 죽은 자는 불가부생(不可復生, 다시 살아날 수 없음)이라, 다시 보기 어려울 테니 나를 굳이 보겠으면 내일 아침 일찍 먹고 덫임자 따라가면 김천장에 걸렸거나 청주장에 걸렸거나, 그렇지 아니하면, 감영도(監營道, 관찰사가 직무를 보던 관아가 있는 고을)나 병영도(兵營道, 병마절도사나 병영이 있던 고을)나 수령도(守令都, 수령이 있는 고을)나 관청고에 걸렸든지 봉물짐에 얹혔든지 사또 밥상에 오르든지, 그렇지도 아니하면 혼인 폐백 건치(乾雉, 신부가 시부모를 처음 뵐 때 폐백으로 쓰는 말린 꿩고기) 될 것이다. 내 얼굴 못 보아 서러워 말고 자네 몸 수절하여 정렬부인 되어 주게. 불쌍하다 불쌍하다, 이내 신세 불쌍하다. 우지 마라, 우지 마라, 내 까투리 우지 마라. 장부 간장 다 녹는구나. 자네가 아무리 슬퍼해도 죽는 나만 불쌍하네."

그러면서 장끼는 기를 벅벅 쓴다. 아래 고패 벌드리고 윗고패 당기면서 버럭버럭 기를 쓰나 살 길은 전혀 없고 털만 쑥쑥 다 빠진다.

까투리가 장끼의 제사를 지내다

이때 덫 임자 탁 첨지가 망을 보고 있다가 만선두리(벼슬아치가 겨울에 예복을 입을 때 머리에 쓰던 방한구). 서피(鼠皮, 쥐의 가죽) 휘양(추울 때 머리에 쓰던 모자의 하나) 모자 우그려 쓰고 지팡이를 걷어 짚고 허위허위 달려들어, 장끼를 빼어 들고 희희낙락 춤을 추며,

"지화자 좋을씨고, 안남산 벽계수에 물 마시러 네 왔더냐? 밖 남산 작작도화(灼灼桃花, 불붙은 것처럼 피어난 복숭아꽃) 꽃놀이 하러 네 왔더냐? 탐식몰신(貪食沒身, 먹을 것을 탐내다가 죽음) 모르고서 식욕이 과하기로 콩 하나 먹으려 들다가 녹수청산(綠水靑山, 푸른 물과 푸른 산)에 놀던 너를 내 손으로 잡았구나. 산신님께 치성 드려 네 구족(九族, 고조·증조·조부·부친·자기·아들·손자·증손·현손까지의 친족을 통틀어 이르는 말)을 다 잡으리라." 하면서 장끼의 빗겨 문 혀를 빼내어 바위 위에 얹어 놓고 두 손 합장하고 빈다.

"아까 놓은 저 덫에 까투리마저 치이게 하옵소서. 나무아미타불 관세음보살."

꾸벅꾸벅 절을 하며 빌기를 마친 탁 첨지는 어깨마저 들먹이며 내려간다. 까투리는 뒤미처 밟아 가서 바위에 얹힌 털을 울며 불며 찾아다가 갈잎으로 소렴(小殮, 운명한 다음 날, 시신에 수의를 갈아입히고 이불로 쌈)하고 댕댕이(댕댕이덩굴)로 매장하고 원추리로 명정(銘旌, 죽은 사람의 관직과 성씨 따위를 적은 기) 써서 어린 소나무에 걸어 놓고 밭머리 사태 난 데 금정(金井, 금정틀. 무덤을 만들 때에, 구덩이의 길이와 너비를 재기 위하여 쓰는 틀) 없이 산역(山役, 시신을 묻고 무덤을 만드는 일)하여 하관하고 산신제(山神祭, 산신령에게 드리는 제사)와 불신제(佛神祭)를 지내고 제물을 차린다.

가랑잎에 이슬을 받아 도토리 잔에 따라 놓고, 속잎대로 수저를 삼아 칭가유무(秤家有無, 집이 잘사는지 못사는지를 저울질한다는 뜻으로, 집의 형세에 따라 일을 알맞게 함을 이르는 말) 형세대로 그렁저렁 차려 놓고, 호상(護喪, 초상 치르는 데에 관한 온갖 일을 책임지고 맡아 보살핌)의 소임대로 집사를 나누어 정하니, 의관 좋은 두루미는 초헌관(初獻官, 종묘 제향 때에 첫 번째 잔을 올리는 일을 맡아보던 제관)이 되었고, 몸 가벼운 제비는 접빈객(接賓客, 손님을 접대하는 일을 맡은 자)이 되었으며, 말 잘하는 앵무새는 진설(陳設, 제사나 잔치 때, 음식을 법식에 따라 상 위에 차려 놓음)을 맡았구나. 따오기는 제상 앞에 꿇어앉아 축문을 읽는다.

"유세차(維歲次, '이해의 차례는'이라는 뜻으로, 제문의 첫머리에 쓰는 말) 모년 모월 모일 미당(未亡, 죽지 못한 아내) 까투리 감소고우(敢昭告于, 감히 밝게 고합니다) 현벽(顯辟, 죽은 남편) 장끼 학생부군(學生府君, 벼슬 없이 죽은 이에게 붙이는 말) 혼귀둔석(魂歸窀穸, 영혼은 무덤 속으로 돌아갔으나) 신반실당(神返室堂, 신령은 집으로 돌아오십시오) 신주기성(神主旣成, 신주를 이미 마련했습니다) 복유

존령(伏惟尊靈, 엎드려 생각하건대 혼령께서는) 사구종인(舍舊從新, 옛것을 버리고 새로운 것을 좇아) 시빙시의(是憑是依, 여기에 기대시고 의지하십시오)."

　따오기의 축문이 끝난 뒤 제물을 철상(撤床, 음식상이나 제사상을 거두어 치움)할까 말까 하는데 마침 소리개 한 마리 떠 오다가 주린 배를 생각하고 내려다보며,

　"어느 놈이 만상제냐? 내 한 놈 데려 가리라."
하고 주루룩 달려들어 두 발로 꿩 새끼 한 마리를 툭 차 가지고 공중에 높이 떠서 층암절벽 상상봉(上上峯, 여러 봉우리 가운데 가장 높은 봉우리)에 덥석 올라앉아 이리저리 뒤적뒤적하면서,

　"감기로 몸이 불편하여 십여 일 굶주려 입맛이 떨어졌더니 오늘에야 인간 제일미(第一味)를 얻었구나. 문어 전복 해삼찜은 재상의 제일미요, 전초(全草, 뿌리·잎·줄기·꽃 등을 온전히 갖춘 포기)·자반(생선을 소금에 절인 반찬) 송엽주(松葉酒, 솔잎을 넣고 빚은 술)는 수재(秀才, 과거 공부 중인 젊은이를 일컫는 말) 중의 제일미요, 십년일경(十年一莖, 십 년에 줄기 하나가 돋아남) 해궁도(海宮桃, 용궁의 복숭아)는 서왕모(西王母)의 제일미요, 일년장춘(一年長春, 일 년 내내 봄과 같음. 오래 취한다는 뜻) 약산주(藥山酒)는 상산사호(商山四皓, 진시황 때에 난리를 피하여 섬서성 상산에 들어가서 숨은 네 사람의 노인) 제일미요, 저절로 죽은 강아지와 꽁지 안 난 병아리는 연(鳶, 소리개) 장군의 제일미라. 굵으나 작으나 꿩 새끼 하나 생겼으니 배고픈 김에 먹고 보자."

　너울너울 춤을 추다가 아차 하고 돌아보니 꿩 새끼는 바위 아래 절벽으로 떨어져 어디론지 자취를 감추어 버렸다.

　소리개는 어안이 벙벙하고 어처구니가 없어 탄식하였다.

"삼국 명장 관공(關公, 관우)님이 화룡도 좁은 길에서 다 잡은 조조를 놓아주었음은 대의를 생각하심이라. 험악한 연 장군도 꿩 새끼 놓아주었으니 이는 또한 적선(積善)이라, 자손 창성(昌盛, 기세가 크게 일어나 잘 뻗어 나감)할 것이다."

과부가 된 까투리에게 여러 새들이 청혼하다

이때 태백산 갈까마귀 북악을 구경하고 도중에서 배가 고파 요기를 하고서 까투리에게 조문하고 과실을 나눠 먹고 나서 탄식하였다.

"그 친구 풍신 좋고 심덕 좋아 장수할 줄 알았더니, 붉은 콩 하나 잘못 먹고 어찌 비명횡사했단 말인가? 가련하고 불쌍하다. 우리야 그런 콩 보기로 먹을쏘냐? 여보, 까투리 마누라님, 들어 보오. 오늘 이 말씀 하는 것은 체면상 틀린 일이나 옛말에 이르기를 장수 나면 용마가 나고, 문장이 나면 명필 난다 하였으니, 그대는 상부(喪夫)하고 나는 상처(喪妻)하여 오늘 여기 오게 되었으니 이는 곧 삼물조합(三物調合, 세 가지가 알맞게 맞아떨어짐)이 맞음이라. 꽃 본 나비가 불을 망설이며 물 본 기러기 어옹(魚翁, 어부)을 두려워하랴? 그 성세와 그 가문 내가 알고, 내 형세와 내 가문 그대가 알 터인즉 우리 둘이 자수성가할 셈 잡고 백년동락 같이함이 어떠하오?"

이 말을 들은 까투리는 한마디로 한심하여 툭 쏘아붙이는데,

"아무리 미물인들 삼년상도 못 마치고 개가하는 법을 누구의 예문에서 보았소? 옛말에 용은 구름을 따르고 범은 바람을 따른다 하였고, 계

집은 필히 그 지아비를 따르라 하였는데 임마다 따라가겠소?"

까투리의 말을 들은 까마귀 자기의 경솔함은 생각지 않고 크게 노하여 말하였다.

"그대 말은 가소롭다! 『시전』 「개풍장」에 이르기를 아들이 일곱이나 있어도 어미의 마음을 위로하지 못한다 하였으니 이는 사람도 일곱 아들을 두고 개가해 갈 때 탄식한 말이라. 사람도 그러한데 하물며 그대 같은 미물에게 수절이 맞는 말인가? 자고로 까투리의 열녀정문(烈女旌門, 열녀의 행적을 기리기 위하여 세운 정문(旌門))을 내 일찍이 본 일이 없다."

이때 부엉이가 들어와 조문을 끝내고 까마귀를 돌아보며 책망한다.

"몸뚱이도 검을 뿐 아니라 주둥이도 고약하구나. 어른이 오시면 몸을 벌떡 일으켜서 인사를 할 일이지, 기거(起去, 일어나서 떠남)도 아니하고 그대로 앉았느냐?"

이 말 듣고 까마귀 그대로 있을쏜가?

"완만한(거만한) 부엉아! 눈이 우묵하고 귀만 쫑긋하면 다 어른이냐? 내 몸 검다고 웃지 말라. 거죽이 검다 한들 속까지 검을쏘냐? 우연비과 산음 하다가 이내 몸 검어진 것이니라(성삼문의 시 「제수묵백로도[題水墨白鷺圖]」에서 따온 구절. "우연히 산음 고을을 지나다가 왕희지 벼루 씻은 물에 빠져버렸네[偶然飛過山陰縣 誤落羲之洗硯池]."). 내 부리 또한 비웃지 말라. 남월왕 구천이도 내 입과 흡사하나 삼시로 장복(長服, 같은 약이나 음식을 오랫동안 계속해서 먹음)하고 십 년을 돌아 들어 제후왕이 되었느니라. 옛글도 모르면서 어찌 진정 어른을 학대하느냐? 내일 식후에 통문(通文, 여러 사람의 이름을 적어 차례로 돌려 보는, 통지하는 문서)을 놓아 대동회(大同會, 마을 공동체 구성원

들의 회의)를 방 붙이고 양안(兩案, 양반의 명부)에서 제명하리라."

이렇듯, 까마귀와 부엉이가 서로 다투고 있을 때에 푸른 하늘 외기러기 구름 사이에 떠 올라가 우연히 내려와서 목을 길게 늘어뜨리고 좌우를 크게 꾸짖었다.

"너희들이 무슨 어른이냐? 한나라 소자경(蘇子卿, 이름은 소무[蘇武]. 흉노에 사신으로 갔다가 붙잡혀 북해[바이칼호] 부근에 19년간 유폐되었다)이 북해상에 십구 년을 갇혀 있을 때 고국 소식 몰라 하기로 한 장 서간(편지) 맡아다가 한나라 천자에게 바쳤으니, 이런 일을 보더라도 내가 먼저 어른이지 너희들이 무슨 어른이냐?"

이때 앞 연못 물오리가 일곱 번 상처하고 남녀간 혈육이 없어 후처를 구하고 있는데, 까투리가 상부했다는 소식 듣고 통혼도 아니한 채 혼인 잔치 하겠다고, 옹옹명안(雝雝鳴雁, 끼룩끼룩 우는 기러기) 기러기로 안부(雁夫)장이(기럭아비. 혼인 때 나무로 깎은 기러기를 들고 가는 사람)를 삼고 관관저구(關關雎鳩, 꾸룩꾸룩 우는 물수리) 징경이(물수리)로 함진아비(혼인 때에, 신랑 집에서 신부 집에 보내는 함을 지고 가는 사람)를 하고 쾌활 좋은 황새는 후행(後行, 혼인 때에 가족 중에서 신랑이나 신부를 데리고 가는 사람)을 삼았으며, 소리 큰 왜가리로는 길방이(길잡이)로 삼았고 맵시 있는 호반새는 전감 하인을 삼았구나.

이날 전감 하인 호반새가 들어와 말하기를,

"까투리 신부 계신가? 우리 신랑 들어가네."

느닷없이 이 모양 당하게 된 까투리는 울던 울음 뚝 그치고,

"아무리 과부가 만만키로 궁합도 아니 보고 이런 억지 혼인하자는 법

어디 있는가?"

뒤따라 오던 오리가 불쑥 나서서 하는 말이,

"과부 홀아비 만나는데 예절 보고 사주 보랴? 신부 신랑 둘이 만나면 자연 궁합 되느니라. 그럴 것 없이 택일이나 한번 하여 보세. 일상생기, 이중천의, 삼하절체, 사중유혼, 오상화해, 육중복덕일이요 천덕일덕이 합하였으니 오늘 밤이 으뜸이라, 이성지합(異性之合, 남녀의 혼인)은 백복(百福)의 근원이니 잔말 말고 지금 자세."

슬피 울던 까투리 얼굴에 웃음이 번진다.

"자네도 남아라고 음흉한 말 제법 하네."

오리가 또 입을 열어 이르기를,

"잔말 말고 이내 호강 한번 들어 보오. 영주(瀛州)·봉래(蓬萊) 청강수에 모든 신선 배를 타고 완월장취(玩月長醉, 달을 벗 삼아 오래도록 술에 취함)하는 모습을 역력히 구경하고 소상(瀟湘)·동정(洞庭) 넓은 물에 홍요백빈(紅蓼白蘋, 붉은 여뀌와 흰 개구리밥) 집을 삼아 오락가락 노닐면서 은린옥척(銀鱗玉尺, 모양이 좋고 큰 물고기) 좋은 생선 식량대로 장복하니, 천지간에 좋은 생애 물 밖에 또 있는가?"

까투리가 새 남편장끼와 행복하게 살다

물에서 사는 오리의 자랑을 듣고, 까투리가 잠자코 있을쏘냐?

"물 생애가 좋다 한들 육지 생애 같을쏜가? 육지 생애 이를 테니 우리 생애 들어 보오. 평원 광야 넓은 들에 오락가락 노닐다가 층암절벽 높은 봉에 허위허위 올라가서 사해팔방 구경하고, 춘삼월 꽃시절에 객사청청 버들잎 새로울 때(당나라의 시인 왕유의 시 「송원이사안서[送元二使安西]」에서 따온 구절. "객사의 푸릇푸릇한 버들은 그 빛이 새롭구나[客舍靑靑柳色新].") 황금 같은 꾀꼬리는 양류 간에 오락가락, 춘풍도리 꽃 핀 밤(백거이의 시 「장한가」에서 따온 구절. "봄바람에 복숭아꽃, 오얏꽃이 피어난 밤[春風桃李花開夜].")에 초혼조(招魂鳥, 죽은 사람의 넋을 부르는 새라는 뜻으로, 두견을 가리킴) 슬피 울어 불여귀(不如歸, 돌아감만 못하다는 뜻으로, 두견이 우는 소리) 하는 소리 초목과 금수라도 심화가 산란하니 그도 또한 경이로구나. 추구월 누런 국화 피었을 때 만산에 널린 실과 주워다가 앞뒤로 쌓아 놓고 치(雉, 꿩) 장군의 좋은 옷과 춘치자명(春雉自鳴, 봄철의 꿩이 스스로 운다는 뜻) 우는 소리 고금에 비길 데 없네. 물 생애가 좋다 한들 육지 생애 당할쏜가?"

말이 막힌 오리가 할 말 없어 잠자코 있는데 그 옆에 조문 왔던 장끼란 놈이 썩 나서서 하는 말이,

"이내 몸 환거(鰥居, 홀아비로 삶)한 지 삼 년이 지났으되, 마땅한 혼처 없어 외롭더니 오늘 그대 과부 되자 내가 조문하러 왔음은 천정배필(天定配匹, 하늘에서 미리 정하여 준 배필이라는 뜻으로, 나무랄 데 없이 신통히 꼭 알맞은 한 쌍의 부부를 이르는 말)을 하늘이 도우심이라, 우리 둘이 짝을 지어 아들 딸 낳고 장가 시집 보내 백년해로함이 어떠한가?"

이 말 들은 까투리 얼굴 살짝 붉히며 하는 말이,

"죽은 낭군 생각하면 개가하기 야박하나, 내 나이 꼽아 보면 늙도 젊도 아니한 중늙은이라, 숫맛 알고 살림할 나이다. 오늘 그대 풍신 보니 수절할 맘 전혀 없고 음란지심(淫亂之心) 불붙었네. 허다한 홀아비가 예

서 제서 통혼하나 끼리끼리 논다 하였으니 까투리가 장끼 신랑 따라감이 실로 마땅한 일이다. 아무렴 살아 보세."

장끼의 통혼을 쾌히 승낙하는 까투리였다. 까투리의 허락을 얻어 낸 장끼란 놈은 껄껄 푸드득하더니 벌써 이성지합이 되었다.

이 모양을 멀거니 구경하던 까마귀, 부엉이, 물오리 들은 가차 없이 통혼 거절당하고 무안해서 훨훨 날아가 버렸다. 그 뒤를 따라 각색 손님들도 모두 다 날아갔다. 깜장새 호루룩, 방울새 딸랑, 앵무, 공작, 기러기, 왜가리, 황새 모두들 날아가 버렸다. 그러자 까투리는 새 낭군 앞세우고, 아홉 아들 열두 딸을 뒤세우고 눈보라 무릅쓰고, 운림벽계(雲林碧溪, 구름이 걸쳐 있는 숲과 푸른 시내. 숨어 사는 땅)로 돌아갔다.

다음 해 삼월 봄이 되니 남혼여가(男婚女嫁), 아들딸 시집 장가 다 보내고 자웅이 쌍을 지어 명산대천으로 노닐다가 시월이라 십오 일에 양주 부처 내외 자웅과 함께 큰 물속으로 들어가 조개가 되었다. 세상 사람들은 이를 가리켜 치입대수위합(雉入大水爲蛤, 『예기』에 "시월에는 꿩이 큰 물에 들어가 큰 조개가 된다"는 구절이 있음)이라 하였으니 치위합(雉爲蛤)이 바로 그것이다.

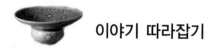

이야기 따라잡기

　눈이 덮인 아주 추운 겨울날, 장끼와 까투리는 굶주림 속에서 아홉 마리 아들과 열두 마리의 딸을 거느리고 먹을 것을 찾아 들판에 나간다. 그들은 밭에서 붉은 콩 하나를 발견한다. 장끼가 이것을 주워 먹으려 하자, 까투리는 눈 위에 사람 흔적이 있다고 먹지 말라고 한다. 그러나 장끼는 까투리의 말을 미련하다고 나무란다. 이에 까투리는 지난밤에 꾼 여러 가지 꿈들을 들어 불길하다고 한다. 그때마다 장끼는 그 꿈을 좋은 징조라고 해석하며 까투리의 말을 귀담아 듣지 않고 방정맞은 소리를 한다고 야단친다. 끝내 콩을 먹으려는 장끼는 순간 덫에 치이고 만다.

　비명에 죽어 가던 장끼는 자신의 운명을 슬퍼하면서 까투리에게는 부디 다시 결혼하지 말고 혼자 살라고 한다. 장끼가 죽자 덫을 놓았던 탁첨지는 기뻐하면서 장끼를 가져간다.

　까투리는 서러워하며 죽은 장끼의 털을 주워 장례를 치른다. 그때 소리개가 날아들어 맏아들을 채 간다. 장례 중에 갈까마귀가 북악을 구경하고 돌아오던 길에 문상도 하고 고픈 배도 채울 겸 들른다. 갈까마귀는 까투리에게 같이 살자고 조르지만 까투리는 아무리 미천한 짐승이라도 남편 죽은 뒤 삼 년은 기다려야 한다면서 거절한다. 그다음에는 부엉이와 물오리가 찾아온다. 일곱 번째 아내를 잃은 물오리가 같이 살자고 하지만 까투리는 여전히 거절한다.

저마다 까투리에게 청혼하는 모습을 보고 있던 장끼 한 마리가 자신은 홀아비로 산 지 삼 년이나 되었다면서 청혼한다. 까투리는 죽은 장끼를 생각하면 다시 결혼하는 것이 미안하지만 옛말에 이르기를 같은 무리끼리 따르고 사귀라고 했으니 청혼을 받아들인다고 한다. 둘은 짝을 지어 전국의 좋은 장소는 다 구경하고 다니면서 재미있게 산다. 그리고 큰 물에 들어가 조개가 된다.

쉽게 읽고 이해하기

아내 까투리를 무시하는 남편 장끼

이 작품에서 등장하는 주인공 장끼는 수꿩을 말하고 까투리는 암꿩을 말한다. 「장끼전」이란 제목이 붙어 있으나 실제 주인공은 까투리이므로 「까투리전」이라고 해도 좋다.

「장끼전」은 두 개의 장면으로 이루어져 있다. 첫 장면에는 장끼 가족이 추운 겨울에 먹이를 찾아 들판을 나서는 모습이 그려진다. 여기서 장끼와 까투리는 인간이 덫으로 놓은 것으로 보이는 붉은 콩을 먹을 것인가 말 것인가에 대해 다툼을 벌인다. 장끼는 먹겠다고 고집을 부리고 까투리는 어젯밤 꾼 꿈이 좋지 않다고 하면서 먹지 말라고 말린다. 장끼는 까투리의 꿈을 자기 식대로 풀이하면서 까투리를 무시하는데 여기에서 구체적인 이유나 설명 없이 아내의 말을 무조건 무시하는 남편의 권위적인 태도를 보인다. 반면 까투리는 조심스럽고 신중하며 현명한 아내의 모습을 보여 준다. 장끼가 덫에 치여 죽어 가는 장면에서도 권위적인 남편의 모습을 볼 수 있다. 장끼는 죽는 순간까지도 남편을 자주 잃는 까투리의 집안에 장가들었기 때문에 자기가 죽는다고 주장한다. 즉 자신의 잘못을 인정하지 않고 말도 되지 않는 이유로 까투리를 탓하는 장끼의 모습은 비겁하고 구차하게 보인다.

다시 결혼하는 까투리

장끼가 죽은 뒤 까투리는 장끼의 장례식을 치른다. 장례식을 치르는 곳에 온갖 새들이 모여든다. 장끼의 장례식에 온 갈까마귀, 부엉이, 물오리가 차례로 까투리에게 결혼하자고 조르지만 까투리는 삼 년 동안 수절해야 한다는 이유로 전부 거절한다. 그러나 홀아비 장끼가 청혼을 하자 수절하겠다는 생각을 버리고 장끼를 받아들인다. 이것은 남편이 죽으면 아내는 평생 동안 결혼하지 않고 수절해야 한다는 당시의 관습을 뒤집은 것이다.

또한 까투리는 청혼을 해 오는 새들을 고르고 있다. 또다시 결혼하는 것이 죽은 장끼에게는 미안하지만 아직 나이도 젊고 또 홀아비 장끼가 마음에 들어 수절할 마음이 없어졌다고 솔직하게 말하고 있다. 과부의 결혼을 금지한 관습에 대한 당시 사람들의 생각을 알 수 있는 대목이다.

「장끼전」은 우화소설이며 풍자소설

「장끼전」은 남편이 아내를 무시하고 과부의 재혼을 금지하는 당시 조선 사회를 비판하고 있다. 이것은 조선 시대 영조와 정조 임금 때부터 나타나기 시작한 평민들의 자각 때문이다. 장끼와 까투리가 굶주려 들판을 헤매면서 콩을 주우러 다니는 모습에서 양반들에게 재산을 빼앗기고 떠돌아다녀야 했던 당시 서민들의 고달픈 삶을 볼 수 있다. 또 아내는 무조건 남편에게 복종해야 하며, 한 번 결혼을 하면 재혼할 수 없고, 어려서는 부모를 따르고 결혼해서는 남편을 따르고 늙어서는 아들을 따라야 한다는 삼종의 덕을 지키라는 관습을 용감하게 타파하려는 의지를 담고 있다.

「장끼전」은 판소리계 소설

「장끼전」은 원래 판소리로 불려지다가 어느 때인가 창(唱)을 잃어버리고 내용만 남은 소설이다. 전해오는 설화를 바탕으로 만들었다는 이야기도 있다. 「화충전」이라고도 하는데, 꿩의 모습이 화려하다고 해서 붙여진 다른 이름인 '화충'에서 유래된 제목이다. 이 작품은 노래로 불려진 소설이었기 때문에 문체가 특이하다. 노래 가락에 맞게 3·4조나 4·4조로 이야기가 펼쳐지고 있으며, 어떤 부분에서는 민요나 가사를 그대로 옮겨 놓은 것 같은 곳도 있다. 아름답게 꾸민 말과 글귀와 함께 평민들이 살아가면서 겪는 고통을 구수한 해학과 신랄한 풍자로 풀어내고 있다.